ステキな奥さん
ぶはっ

伊藤理佐

朝日新聞出版

Part 1 妻なアタシ

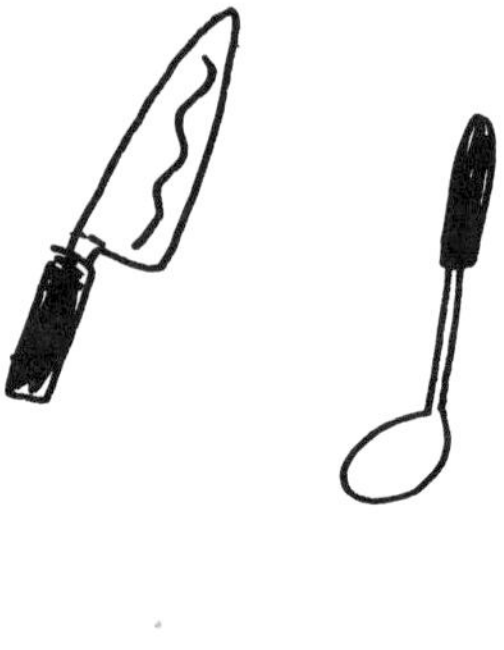

Part 2 母なアタシ

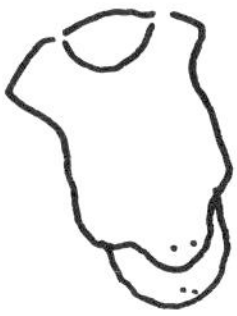

Part 3

私なアタシ

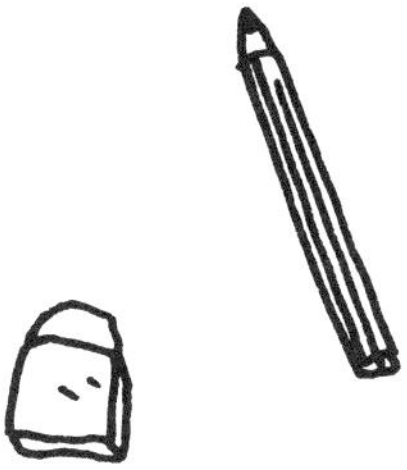

装幀：渋沢企画（渋澤 弾、田島智子）

50歳に突入
おとうさん
ダンナはん
オットの人
ヨシダサン
ダンナサン
漫画家
吉田戦車

アタシ
42歳〜45歳
ムスメ
2歳〜5歳
オムツ

Part 1

妻なアタシ

ウスとフワのせめぎあい

一人暮らしを始めた若い女子はみんな、しばらくすると「家のタオルを全部自分の好きなものにしていいんだ」ということに気づくのだった。実家から持ってきた信用金庫の名前入りのヤツじゃなくて、フワフワだっていいんだ、そうだ、色だって何色でもいいんだ！という「ものすごい自由」に気づくのだ。

タオルから自由。「タオルは親が買うもの」じゃなくなって、自分で稼いだお金ならなおさら。そして、それがすてきな生活の始まりの扉……のような気がするのだ。

わたしもそうだった。ある時からタオルは自分の好きなものを使ってきた。ここ10年は、無地の白とカーキとベージュの三色限定、「今治《いまばり》のフワフワ」をせっせと並べた。干す時も畳む時も使う時もいい気持ちがして、「これが一枚千円でもさ、燃費のいい幸せだぜ！」と力んでいた。

ところが、結婚してダンナサンの持ってきたタオルと、うちの子（子

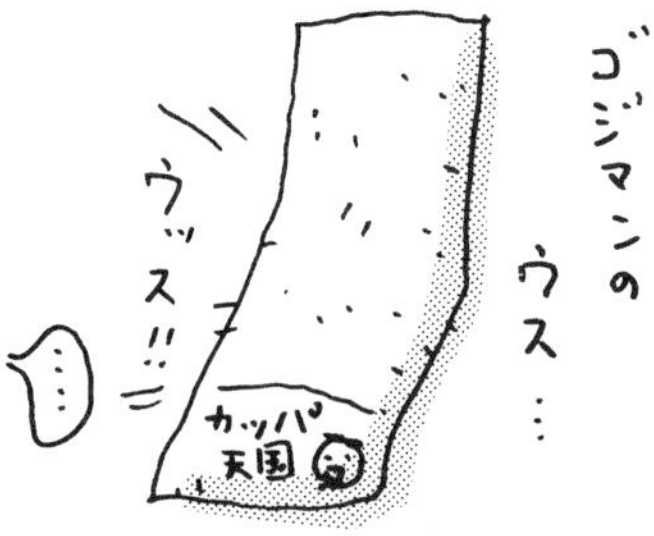

わたしがもし芸術家だったら……
これにかっこいいタイトルつけられるかも……
『生きサマ』？
『旅』？
『ザ・生活』
『LOVE』
『鮭』？
いーからっ
はやくちかづけてっ
かっこよくねーし!!

じゃないが）が一緒に並ぶことになった。ダンナサンのは旅館のタオルが多かった。旅館の名前入りタオルには「こだわり」が無い気がして、捨て……はしなかったけどやっぱり寿命が短いので、セッセと引退させて、掃除に使ったり天ぷら油を吸わせたりした。いよいよフワフワでそろいそうになった時、重大発表があった。

「オレ、旅館にあるような薄いタオルじゃないと拭いた気がしない」

……はい？

「フワフワのタオルって水分を吸わないような気がして気持ち悪い」だって。ひええ、ウスウスはこだわりだったのか。世界中のみんながフワフワ好きだと思っていた……。

びっくりしたまま、今、フワフワとウスウスが半々でまざっている。カッコ悪いことになっているが、ウスウスには家族3人で泊まった旅館の名前が増えてきて、「ここいい宿だったねえ」と思い出話もできる。きちんと畳みさえすれば、バラバラ感がけっこうサマになる気もして

きた。

目を細めると、うーん、なんだか実家のタオル群によく似ているのだった。海に出て自由に生きるつもりが本能で川に戻ってきちゃった鮭《さけ》みたいな気分だ。

「たったタオルでさえこれ……」

と、自分の過去や未来にクラッとするのだった。

新聞はキチョウ品

天ぷらは急に止まれない…

古希祝い、長女のおふれ

立て続けに両親が「70歳超え」しだした。母が一つ年上のあねさん女房なので母が先だった。古希《こき》。お祝いに実家に集まろうという話になった時、事件は起きた。

妹（1）と妹（2）が、どうする、ああする、とわんわん騒いでいる中、長女のわたしが急に立ち上がり、それはただの思い付きであったけれど、妙にハッキリと言ったのである。

「祝いに集まる者は、血の繋《つな》がりがある者だけとするっ！」

……は？

妹（1）（2）は、長女を見上げた。

つまり、各自のダンナサンたちに留守番させ、孫である子供だけ連れて来るべし、としたのである。ど、どこの武将？と妹（1）は思ったという。ひ、ひどーい！と、妹（2）は言った。しかし、妹（1）（2）はすぐ気付いた。これはとてもいい「長女の権限」だった。

ダンナサンたちはそれぞれ、料理も掃除もする手間のかからない男の人ではあるが、ヨメの実家では布団はあーだ、食事はこーだ、など、面

倒を見られる立場になる。しかも男がいる＝《イコール》おかずを1品2品増やすこと、に他ならないっ。つまり祝ってもらうはずの母が一番疲れるのである。疲れてもムコどもがいると、ごろ寝もできない。

「お姉ちゃんがそう決めたから」

おふれは出された。ダンナサンたちは妹たちより早く色々に気が付いた。いい羽のばせるじゃん、と。心から「ははーっ」と言い、「いってらっしゃ〜い」と手を振ってくれたのである。もちろん、うちのダンナサンもブンブン振っていたよ……

祝いの会は思っていたよりずっと楽しかった。ラクだった。

「いいねえ、来年もこれやろう！」。そう、次は父が70である。夏に血の繋がったものだけ集まる予定です。

あれはいい権限だったと、評判である。思い付きだったけど、わたしが43にして初めて行使した「長女の権限」だった。権限はこういう時に素早くちょっと乱暴に、立派に使いたい。うぬ。

初めて見たダンナサン

ちょっと前の話になるけれど、平日の昼間、すいているバスにのんびり乗っていたら、イヤホンで音楽を聴いている小柄なオッサンが不機嫌そうに乗ってきた。

ああ、イヤホンで音楽聴いている小柄なオッサンが不機嫌そうに乗ってきたなあ。

と、見たままを脳がくり返した2秒後、そのオッサンがお世話になっている雑誌の編集さんだと気付いた。ど、どうしてこのバスに⁉ と、声をかける前に、目が合ったアチラも、2秒ほどあってから、

「ど、どうしてこのバスに⁉」

と、同じこと言った。その2秒は、
ああ、若づくりの小太りのオバハンが堂々と座っているなあ。

てなものだと思われるが（悔しいが、間違っていない）、このように「知っている人」を「初めて見る」のって、おもしろいなあと思った。

で、不倫相手を「初めて見て」目が覚める……なんていう話の漫画を描いたことがあるけれど、そういうふうに「今までの情報」や「感情」が

無い状態で、父、母、妹たち、友人、こわいけどダンナサンを見てみたい……と思っていた。そうしたら、先日ついに……

　ムスメ3歳と公園からの帰り道、それは夏の午後2時ごろでとても暑かった。自転車で道の角を曲がってきた半ズボンと帽子のオッサン。日焼けしたオッサンは、いけね、子供だ、という感じでスピードをゆるめて、母親のわたしに、すみません的な態度で自転車をキュッと止めた。

2秒間の顔が
本当の顔
だと思うなぁ…
今は顔
つくってる
つくってる
自分はどんな顔なのか…

「……おとうさん」

　ムスメ3歳がオッサンに言った。

へ？　あら、やだ、アナタはわたしと結婚した人じゃないですか。君たちはムスメとツマじゃないですか。日焼けしているのは先週一緒に海に行ったからじゃないですか。仕事が煮詰まって、キュウリとナスを買いに行くんだ。アハハハ。

　初めて見たダンナサンはいい感じのオッサンだった。しかも割と好みだった。よかった。ただ、わたしがどんなオバハンだったのかは聞いていない。こわい……。

夢なら言える「香りすぎ」

朝、雨戸をガラガラ。サアッと、窓を開ける。チュンチュンとスズメ。
おっ、いい天気。息を吸い込むと、今日も○○○の、いいにおい……

（1）お日様
（2）庭の葉っぱ
（3）どこかの家の洗濯物の柔軟剤（フラワー系。強烈）

○○○に入るのは、クラッとするほどいいにおいの（3）なのですが、
これが、よくある「エレベーターで一緒になった香水つけすぎの人」みたいなことに我が家ではなっている。

しかし、このご近所さんは、家族の洗濯物をふんわり、いい香りに仕上げたい、という優しい気持ちで洗濯機に投入しているのであり、まさか近くの漫画家の庭にまでにおってきているとは夢にも思っていないであろうし、漫画家だって知らないだろうし、ご近所さんはいい人ばかりで、あいさつもよくするし……犯人様がわかったとしても「臭《くさ》い」とは言いづらい。つーか、言えない。言えないけど、例えば、そのご

近所さんの今晩の夢に登場して、「柔軟剤がくさいですよ」と言って気付かせたい、夢でならわたし、言える！　……と、妄想するくらい、臭い。

わたしは、ずいぶん前に柔軟剤をやめた。なので、たばこをやめた人がたばこを嫌うように、柔軟剤のにおいが鼻につくのだろうか？と、思っていたら「柔軟剤が臭い」問題、けっこうあるらしい。わたしだけじゃなかった。よかった。だよね、最近のは特に香りがきついよね、と、強気に出たりしてみる。

そういえば、ちょっと前に、「葉巻の匂いのするオンナはいい女」というおもしろい話を聞いた。女は葉巻を吸わないけれど、値段の高い葉巻を吸う裕福な男と匂いがうつるほど一緒にいる女は、いい女に決まっている、という、ちょっとニヤッとしちゃう話。香りにはこういう物語があったほうが楽しいと思う。柔軟剤の香りはこういう物語が少し足りない気がする。「お手軽で強烈ないいにおいはつまらないですよ」と、言いたい。夢に登場して、だけど。

伊藤家の「餃子100個」伝説

伊藤家の「伝説」に「お父さんは餃子《ぎょうざ》100個食べた」がある。「水餃子、な」と、近くにいたら父から訂正が入るところだが、離れているので入らない。長野でたぶんクシャミしている。父のクシャミはでかい。

昔、父は水餃子を100個食べていた。夕方、具を仕上げて「皮に包むだけ」になった母は「工場に電話しなさい。今日は餃子だよって、お父さんに言いなさい」と、小学生に電話させる。わたしか、次女か三女が餃子電話をすると、10分後にジャリジャリッと、家の前の砂利道を車がバックで入ってくる音がする。エンジン音で父だとわかる。車で5分離れている工場から10分で帰ってくる。自営とはいえ、おじさん（父の弟）とやっている工場だ。どんな勢いで仕事を切り上げシャッターを閉めて来るのか、この餃子の日限定の速さも伝説なのだった。

父はオカワリを繰り返し、母がせっせと包んで……、100個なのである。しかし正直なところ、父は100個食べてはいなかったと思う。120個くらい作って家族で食べたから、80個くらいではなかったかと、みんな思っている。でも120は作ったという事実と、80より100という数字がおもしろいのと、追加でくるんだこともあるから本当に100個食べた日があったかもしれないという記憶をたよりに、家族みんなでそーっと、100にしているのだった。

今でもなにかと「お父さんは餃子100個食べてた」話になる。「よせやい」というしぐさで、父がいつもの「水餃子、ね」と訂正を入れる。そこにいるダンナサマーズ（うちのヨシダサンと、妹たちの旦那様2人）が、エッとか言って驚くと、「若かった頃ね」と笑う。父もこの伝説が気に入っているのだった。

本人も「80個くらいだったじゃねぇかやあ」と、方言で思いつつ、家族全員で伝説を守っているのだった。なぜだか、ダンナサマーズもソコをわかって聞いてくれている気がする。伝説ってこうして作られていくのだな。信長とか家康もそうだったに違いない。

歴史はあやしい。

三つ子の味、百まで

さて、その夜は「すきやき」だったのです。我が家では珍しいメニューであり、ダンナはん（今、この呼び方がうちではやっている。変ですみません）のリクエストだった。冷えたビールのかわりは冷えたビールしかないように「すきやき」のかわりは「すきやき」しかない。のに、私はすっかり忘れて同じ材料で「牛肉のネギ蒸し煮」をつくってしまったのでした。

「わはは、ごめーん」

と軽く謝ったわたしに絶望したダンナはんは以下のことを述べた。

一、食べ物に愛がなさすぎるのではないか。

二、つまり、小さい頃おいしいものを食べなかったのではないか。

三、あなたは長野県の標高千メートルの高地に住んでいて沸点が低くてお米がおいしく炊けなかったから（事実です）、そのせいで味覚が……

うんぬん。

「言われ過ぎている」

と、思ったけど黙って聞いていた。すぐに気付いたダンナはんは、謝

りながら、しかし自分がどれだけ母親の味で育ったか、母親のあまじょっぱい味が好きか今夜気付いた、と告白した。

う、うわあ。岩手の母に負けた長野の妻。地味にかなりショック……。

そんな3日後の昼下がり、2階のわたしの仕事部屋にダンナはんがトコトコと、登ってきた。トコトコの時は大事なことを言うとき。緊張。

「ニュースで、長野県が長寿日本一になりました。ごめんなさい」

はい？

椅子から落ちそうだったが、長野県は何十年も前から「減塩運動」をやっているらしく、それが成果を出したらしい。村役場に勤めていたアナタのお母さんは、きっと最先端をいって薄味にし、君もそれで育ったから薄味に……先日はすまなかった、と。そして悲しそうに、

「自分の岩手県は、ワースト3に入りました……」

薄味も愛、でも時々あまじょっぱくし

てね、と、1階に下りて行った。
わわわ。こんな風に何もしていないのにわたしは時々故郷に助けられる……。

言ったが、負けっ

夫婦の戦いがある…
おっかれー
シゴトベヤから帰ってくる。
おつかれー
…
よいしょっと
トン トン トン
…
…
…
の、
のむ？
おう♥
どっちが先に「のむ」と言うかという戦い…
ほぼ、まいにち…
今日は 負け。

最高もとめてサザエさん

昭和44年、1969年生まれ、44歳、の、わたし。

「今、自分ができる最高のことをしようとする世代」らしい。雑誌に書いてあった。

うーん、そういうところ、たしかにある。旅先で蕎麦《そば》が食べたいと思ったらその町で一番おいしい蕎麦屋に入りたいかも。歯医者は近所で一番腕のいい所に通いたいし、ふらっと入ったイタ飯屋でのワインは予算内で一番おいしいのを飲みたい。そのためには5分余計に歩いてもいいし、それができない時くやしいと思う。

で、なにか問題あるのか？　と思っていたら、若い人にはこれ、たいへん不評らしいです。理解不能。不可解、不愉快、迷惑、ちゃんちゃらおかしい、その他悪口いろいろ。**「バブル世代」**という名で嫌われているらしい。

おいおい、若い人の「車いらない」とか「ユニクロでいい」とか、いい考えだと思うよ、まねしてるよ。え？　そちらは悪口だけ？　と、毒づいていたある日、ご近所さんのお宅で宴会をすることになった。天気

はどしゃぶり。３歳児も連れていく。約束の時間がせまり、手土産を買いに行く時間がなくなってしまった。家にあったちょっといいお酒を１本、と、あっ、すごくおいしい新玉ねぎもらったんだった、あっ、リンゴもあったね、可愛い籠《かご》があったからそれに入れていこう、それからそれから……

「リサさん」

ダンナサンが仁王立《におうだ》ちしていた。

ダンナサンがわたしを「さん」付けで呼ぶ時は怒っている時。そっと顔を上げると、

「それ、持っていく気ですか？」

敬語の時も怒っている時。籠を見て自分でもびっくりした。いただきものの新茶まで入ってサザエさんの買い物籠みたいになっている。

「わ、わたし今、自分ができる最高のことをしようとしている〜〜……!!」

叫んでみたら、世代のせいじゃない気がしてきた……。

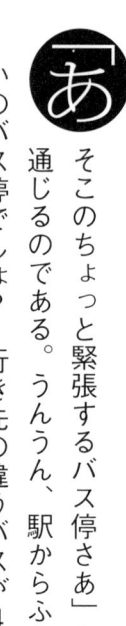

スマートじゃなかった神様

「あそこのちょっと緊張するバス停さあ」と言うと、ダンナサンには通じるのである。うんうん、駅からふたつめ、みっつめ……くらいのバス停でしょ？　行き先の違うバスが4種類通るバス停でしょ〜、「乗りませーん」ってやらないといけないバス停でしょ〜。わたしは、そうそう、とうなずく。
　わたしは始発のバス停から乗ることが多くて、その緊張するバス停を中から見ているのだった。色んな「乗らない人」がいる。プシューッとバスを止めちゃってから「俺は乗りませんが？」という態度の人。「乗りません、乗りません！」と、すごい勢いでブンブン手を振る人、または首を振る人。悪いことしたみたいにうつむいて後ずさる人……。
　ほぼ、スマートではない、のである。「いい感じに乗らない人」を見たことがない。そうそう、運転手さんがいい感じじゃない時もあって、グオンッとバス停に止めて「は？　乗らない？　わかりませんよ、それじゃ」って、ハーッてため息が聞こえそうな感じでバスを出発させる時もある。そのハーッは感染して、バスの中が少し意地悪な雰囲気になる。

スマートな方法は無いのか。「よくテレビに出ているマナーの人、お箸《はし》の使い方とか教えてくれるプロの人、伝授してください」なんて考えていたら、自分が「乗らない人」になる日が来た。それは出先の初めての街で、乗らないバスはもう目の前だった。ああっと、反射で出たわたしのジェスチャーはアレだった。「神様」だった。

バスの窓際に同世代の人が乗っていたら「ひょうきん族だ！　懐かしい！」と、思ったと思う。テレビ番組「オレたちひょうきん族」で「懺悔《ざんげ》」した人の前で神様がやる「バツ」。胸の前で両手を思いっきりクロスするアレ。そのあと懺悔した人に水がビシャーとかかるヤツ。その水は神様の自分にかかった気がしたが、バスはめでたく通過した。神様でもスマートならず。「裏番組のドリフ派だったもので」と、わけのわからない言い訳も思ってみた。

「うまい棒」にも若ぶる私

「あれ、こんばんはー」。声がして、親子3人で振り返ると、駅からずっとうしろを歩いていた男の人は、ご近所のOさんだった。息子ちゃんがうちの娘と同じ4歳で、今、幼稚園は違うけど、小学校は学区が一緒ですよね、なんてあいさつしたりする近所のパパさんだ。「仕事帰りなんです」「あらら土曜日なのに大変ですね。うちなんか遊んだついでにラーメン食べてきちゃって、わはは」などと立ち話する夜8時ごろ。

「いや〜、実はこんなの見つけちゃって!」。よく見るとうれしそうな顔してるOさんが、ガサガサとお買いものしたてっぽいレジ袋からジャジャーン!という感じで出したのはお菓子だった。

「プレミアムうまい棒」と書いてある。10本入り……? 並んでキラキラ、大袋に入っている。**「あっ、うまい棒!」**と、わたしもうれしそうに言った。「いつもの味じゃなくて、モッツァレラチーズ&カマンベールチーズ味。これが売ってなくて! 僕、うまい棒が子供の時から大好きで、あっ、一本ずつどうぞ!」と、ニコニコおすそわけしてくれた。エッ、イインデスカ、ドーゾドーゾ、アラウレシ〜……。

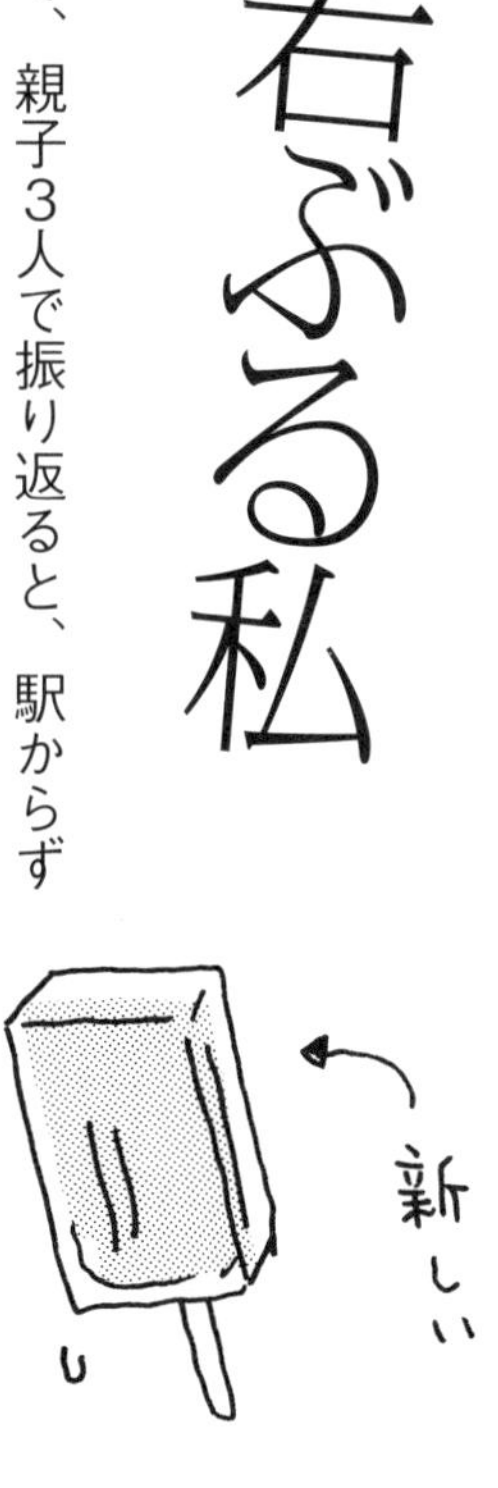

このやり取りを横で見ていた、うちの51歳のヒゲのお父さん。家の玄関に入って鍵を閉めながら目を細くして言った。「……おまえ、若ぶったな？」。ギクッとした44歳のわたし。「そんなには懐かしくないだろう？」と51歳。4歳もこちらを見ている。

ば、ばれているのである。そう、「うまい棒」を見て、子供の時よく食べていました的小芝居《こしばい》をうったが、わたしたち世代にはちょっとだけ「後《アト》」の駄菓子なのだった。地域性もあると思うけど、小さい時に夢中で食べた記憶がない。「大きい子供」になってから食べた。アイス**「ガリガリ君」**も新しい人だ（人じゃないけど）。5歳くらい下からだろうか、少し若い人たちの気持ちよいモノなのだ。Oさんも10歳くらい下だ。

せっせと、こまめに若ぶってすみません。しかし、食べてみた。ぜんぜん懐かしくない。でも、とてもおいしかった。

「飲み会」本日も妄想中

「飲み会」の妄想が止まらない。そこにわたしはいない。お世話になっている人たちが数人で飲むという設定だ。例えば、担当編集者さんたちが全員で飲んでいる。誰かが「伊藤さんてさあ……」と、生ビール片手に切り出す。ヒソヒソ声のあと、ドッと笑いがおこったりする。月1回のお掃除サービスさん、生協の人、会計士さん、恩師勢ぞろい、妹ふたりの飲み会もあるんだよ……と言うと、「こわいよ、それ」。ダンナサンが口を曲げる。「こわいよね～」とうなずきを求めると、「ちがう、そんなこと妄想しているおまえがこわい」と目をそらされる。

本日の飲み会は、定期的に頼んでいる植木屋さんと、先日お世話になったバルコニー防水工事の工務店のみなさん、勝手口の屋根の修理の大工さんの大人数なんだけど。さすが体を使う仕事、お酒が進む。「おーい、妄想やめときな」とダンナサンの声が聞こえるが、宴会は止まらない。イメージは焼き鳥居酒屋の座敷。貸し切りだ。わたしの出した10時と3時のお茶&おやつのことに話題が転ぶ。

「基本、出・し・過・ぎ！」。笑いが起こる。「甘いものそんなに食べな

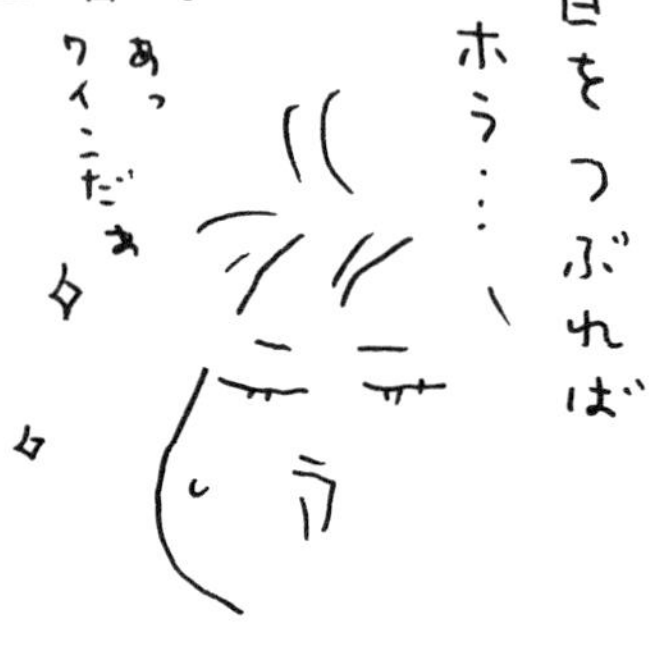

いっすよ」「なんでチョコレート出すかな。溶けるってば」「途中から塩系の米菓にいったでしょ」「気付いたね」「でもさ、小分けされているのにしてほしいなあ。持ち帰れるから」。うんうんと、みんながうなずく。「果物はうれしいけどフォークよりつまようじでお願いしたい」「俺たち若いからって、急にお茶から缶コーヒーに変えたでしょ」「そこはフツー、ポカリスエット」「まんじゅうがシュークリームになったのもそれ？」「俺、ずっとせんべい系だな……」。ポツリと植木屋さん。「あ、チーズ出たことあった」。なにそれ〜、と笑い声。

わたしが「すみません、気が利かなくて」と障子《しょうじ》に手をかけると、「あとさ、けっこう子供が怒られてるよね」。あ〜、ね〜、と全員がうなった。「うう、やっぱり聞こえていたんだ……」と汗がにじみ出た時、「もうやめとけ〜」と天からダンナサンの声がするのだった。

言ってはいけない女と男

「いくら夫婦でも言わないほうがいい」と思うことがある。「そんなこと言われても」「それを言っちゃあ……」と同じだが、いくつかある。

ここだけの話ですが、その中に「ダンナサンの運転に酔う」がある。特に5歳のムスメが酔う。遅れてわたしも酔う。うちに車はなくて、遠出のレンタカーの時や田舎で実家の車を借りる時だけの、たま〜の話なのだけど、それは絶対、必ず酔う。

信号で止まる時の踏み込みがキツイんだと思う。ガックン、キューーッとするのがよくない。かわりにわたしが運転……したいのだが、都内や高速道路に自信がないし、5歳の相手をするのも別の苦労があり、あと酔うけど「安全運転」なので、覚悟して身をまかす運命なのだ。長野県の人にしかわからないかもしれないが、諏訪《すわ》の原《はら》村の実家から松本の妹のうちへ遊びにいく距離でムスメは酔う。酔ったムスメの吐く前のウルウルの目がとてもきれいだ。つまり、わたしの目もきれいだ。

車の板金《ばんきん》塗《と》装業《そうぎょう》で「運転は仕事」の父と、免許を持っていない車酔いしやすい母のあいだにうまれたわたしは、「お父さんの運転だとなぜか酔わないのよね」とちょっと「ウッフン」的な発音の助手席の母に、「フンッ」と言うけどブレーキを踏むのがさっきより優しくなった気がするぞ父……というやりとりを後部座席で見て育ったので、男の人に「アナタの運転に酔う」と言うのは、男のダイジなナニカを否定してしまうような気がするのだ。

しかし事件は起こった。こないだダンナサンに、「リサって、ジャンケン弱いよね」と言われた。確かに負けが多い。ムスメにもよく負ける。しかし、なんかさ、「持っている運が少ない」みたいな、大切なものを否定された気がして、「こ、これは言われてはいけないことでは？」と思ったのだった。

もうひとつ、なにか言われたら「運転に酔う」ことを表明しようと思う。「いつもみそ汁しょっぱいね」か？「太ったね」か？ ドンとこい。

やばいふたりの懐かしごっこ

滝沢のウェイトレスさんたち…
上京したてで？
スーツにハイヒール
1000円
ちょっとためて

画材を買いに行く、と出かけていたうちの漫画家が帰ってきた。「おかえり」と出迎えたわたしも漫画家ですが、「一緒にピグマの1・0のブラック5本買ってきて。0・1じゃないよ、太い1・0だよ！」と水性ペンを頼んでいたので、テイネイに玄関に出て行ったのだった。それを使って本日、ワク線をひかないといけない。

「どこの文具屋に行った？」と聞いたら、ニヤニヤしながら「マイシティのいづみや」と言われた。あはは！　と笑う。だって新宿の駅ビル「マイシティ」はもう「ルミネエスト新宿」で、画材店「いづみや」はとっくに「トゥールズ」だから。

仕返しに「談話室滝沢《だんわしつたきざわ》で打ち合わせしてこなかった？」と言うと、わはは！　と笑われた。もう無い喫茶店だから。「古いな、俺たち！　ゲラゲラゲラ！　イン玄関」である。懐かしい。「マイシティのいづみや」「談話室滝沢」と言うだけで、思い出が一緒だ。「滝沢って店内に橋あったよね」なんつって、脳の同じところを使って話した。

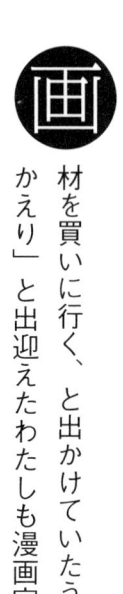

そういえば昔、うちの両親はドラマ「Gメン'75」をずっと「キイハンター」と呼んでいた。子供3人は「また間違えてる！」と指摘するのだけど、「Gメンの前にやってたのがキイハンターだったんだよ」と、両親は言い直そうとしなかった。覚えられないのかな？ と不思議だったけど、父と母は遊んでいたのかもしれない。

　おとといは、地方のテレビCMソング対決になった。長野VS.岩手である。長野のわたしは「丸辰《まるたつ》のビタミンちくわ」だ。「♪ちくわ、ちくわ、ビタミンちくわ〜母さん早くお願いね〜」と歌いあげる。笑われる。対する岩手は「桜顔《さくらがお》酒造」だ。「♪この町が好きなんです、あの人の町なんです〜」。なぜだ、立って歌っている。笑ってしまう。また脳の同じところを使ってる気がした。

「ビタミンちくわ」と「桜顔」は、こんなに違うのになにかが同じなのだった。小学校の校歌もやってみた。ハタから見るとかなりやばい2人だった。

ヨシダサンの駅弁チラシ飲み

駅弁が好き」と「新宿京王《けいおう》百貨店の駅弁大会が好き」は同じではない、と、うちのヨシダサンは今年も熱く語る。

またこの季節がやってきた。毎年1月に開催される駅弁大会、正式名は「元祖有名駅弁と全国うまいもの大会」で、第50回だそうである。すごい。2週間にわたり全国の300を超える駅弁が売られる。毎日買いに行くヨシダサン。自分は「屋上食べ」して、わたしとムスメにも買ってくる。夕飯が駅弁だったりする。

「毎日じゃない！　土日は行ってない！」と照れて？ムキになったり「通いだして10年たつな……」と自分を懐かしがったりする。「駅弁仲間」がいて毎年同じメンバーで盛り上がっているのだった。飲み屋さん仲間だが、大会歴10年どころじゃないツワモノぞろいで「まぜてもらっている」らしい。

恒例行事は「チラシ飲み」。全駅弁が載っているチラシを各自持参し、自分はどの駅弁を食べるか、せめるかと、酒を飲む。バカである。と、ご本人たちが話しているという。

実はコラボ駅弁やってます…

『唐揚げざんまい』

1100円
（3月末まで）

この名前決めの時にもツワモノの皆さんがよってたかって協力してくれました…（のみながら…）

唐揚げざんまい
唐揚げ6個!!

東京えき新宿えきなどで♥
※あ、京王には出ていません…
※終了しました

あと「ロマ弁」。仲間20人ほどが大会で駅弁を買い、新宿発の小田急ロマンスカーに乗って食べる。往復切符購入済みだ。箱根湯本《はこねゆもと》に下車、足湯などののち、帰り用に買った駅弁をまた食べるんである。往路と復路で駅弁である。箱根駅弁（伝）かい！　と、こっそり思う。

5年前、ムスメが生まれた1月にも大会は開かれていた。「チラシ飲み」中だったヨシダサンは「生まれますけど」という産院からの電話で赤い顔で青くなってとんできたんだった。入院中に「あしたロマ弁に行ってもいい？」と聞かれて「コドモ生まれて2日目なんだけど……」とベッドに仰向けで涙が耳につたったんだっけ……。

「でね、行かなかったんだよ、おとうさんは」と、夕飯の駅弁をつつく。語り慣れてきており、ヨシダサンの「あの時は悪かった」的小芝居も板についてきて、駅弁大会とともに「あなたの生まれた時に……」と我が家の歴史を語る年中行事となりつつある。

駅弁は楽しい。

ムスメ
オムツ
2歳〜5歳
成長中…
まっさかり。
ひよこ組→ゆり組

ダンナサン
アタシ
42歳〜45歳
50歳に突入

Part 2
母なアタシ

プリント「あった〜」…涙

オンナには「分かれ道」がいっぱいあって、長く付き合った知り合いや友人とでも「え？ そっちの人だった？」と、時々びっくりするような「分かれ道」に立つことがある。

例えば「占い」に行くか行かないか。これ、ハッキリと分かれる。この間は居酒屋で「タイムマシンで行くのは、過去か未来か」で分かれてたっけ……。わたしは、「占いに行って、過去に戻るオンナ」です。

と、なぜ、そんなことを思い出しているかというと、「ああ、オンナってきっと、大切なプリントを探す人、探さない人に分かれるよなあ……」

と、今しみじみしているからです。なぜ、しみじみしているかというと、大切なプリントを今、捜索中だからに他ならない……（涙目）。

明日の幼稚園のバザーに、売り子係のわたしは何時に集合か、子供は

制服で行くのか、など、今、一番必要な情報がっ（ここで右手が握り拳《こぶし》）、プリントされたっ（同、左手）、Ａ４サイズのピラッとした１枚の紙……が無い。無い、無い。

ダンナサンがどっか持って行ったんじゃないか、子供が遊んじゃってゴミの中に……

と、人のせいにしながら探す、この無駄な時間……この絶望感を味わう味わわない、の分かれ道はＹ字じゃなく、Ｔ字だな……。

わたし、人生の３分の１は探し物をしているんじゃないだろうか。子供のころは算数のプリント、参観日のお知らせ……。今は、打ち合わせのメモ、東京都からのお知らせ、参観日のお知らせ……って、「参観日のお知らせ」を43歳にもなってまだ探しているのかい！　いや、今日はバザーのお知らせだけど。

ん？　あ……っ、

「あ、あった～～～……！」

やっぱりここに挟んであった、ううう、

よ、よかった、あした9時集合の、子供は制服だ……。

……思えば、人生の3分の1はこのように喜んでいた。プリントをなくさない人にこの喜びは味わえまい。

すみません、涙目です。

我が家の時間割

6時半 起床
みんなで
ごはん
お弁当
せんたく
はやく〜!!
8時50分 出発 幼稚園に…
しごと
しごと
しごと
おひる
14時に シッターさんが お迎えして くれて
しごと…
17時て18時に シッターさん が帰宅
ごはん つくる
おひるね
おきてくる
シゴトベヤからくる
ごはん。
おふろ
えほん
21時半〜
22時に ねる。
シゴトがあったら 3時におきてシゴト…
の、くりかえし…
エンドレス…

ムスメよ、猫でよろしく

「もうそろそろ、いかがですか」

編集さんがメールを送ってきた。ファイルが添付されている。はいはい、すみません、という態度で開くと、それは写真で、子猫の縞々《しましま》と黒いのが2匹、こっちを見ていた。

「ニャーーーーッ！」（注　わたしの声です）

編集部の誰かの家で生まれて飼い主を探しているとのこと、か、かわいい。大変にかわいい。

最近こういう猫のお誘いが多くなった。だんだんお呼びがかかっている。ちょっと前までうちにも2匹猫がいて、1匹が死んでもう1匹も追うように死んでしまった。2匹とも18歳。それは自分が子供を産んだ時と重なって、人間の子供に忙しいわたしに「猫、飼いませんか」のお声はかからなかった。が、そろそろどうですか、と。猫、お好きでしょう？と、猫が近づいてきている。ドキドキだ。ご近所からも声がかかった。こちらは雉猫《きじねこ》。か、かわいい。

しかし、猫のいる楽しい生活も知っているけど、猫のいない気楽さも知っている。家族会議が開かれた。
（1）買わない。（2）もらわない。（3）拾う。という3条件を決めた。「もらわない」は厳しい気もするけど、わたしは噂《うわさ》で聞いてしまった……「子供って猫を拾ってくる」らしいじゃないですか！　今、ムスメ3歳。その時を待つ、ということにした。その時「飼ってもいいよ」と言ってあげられるようにしよう、そうしよう……いい話や……

と、まとめたところで、ダンナサンと、ものすごい話の食い違いがあった。大事な部分が違っていた。なんと、犬だと思っているらしい。は？

「拾うのは猫でしょ、ふつう」

「犬かもしれない。俺は犬がいい」だって。

「ねーこ、ねーこ！」と猫コールのわたしに対して、

「いーぬ、いーぬ！」と、犬コールなのである。

犬も好きです。しかし、自分のムスメは猫を拾ってくると信じている。ムスメよ、猫で頼むよ？　よろしく！

あのとき母は若かった

35歳過ぎたあたりからよくやってしまうアレ、「お母さんはそのとき何歳だったか」がある。

長女のわたしを産んだとき何歳だったか？から始まり、三女を産み終わったのはいつか、この着物の写真のときは？　げっ、32歳？　今のわたしより10歳以上も年下ですか！　などなど、衝撃過ぎて「お母さんはそのとき、何歳だったのかっ」とＮＨＫスペシャルの予告みたいな発音のときもある。時々「お母さん」部分が「お父さん」になるけど、自分が子供を産んでからますます「お母さん」になった。それはだいたい、「4年間で子供3人産んだのって、なんかすごい」で終わる。母は30歳で3人産み終わっている。40歳でひとり産んだ娘のわたし……と、しみじみとびっくりできて実は楽しい。

昔、小学校の卒業式で、「お父さんと手をつないで退場しましょう」ということがあって、「お父さん、お子さんと手をつなぐこともなかなかないでしょう？　最後かもしれませんよ〜」という学校側のなにかだったんだが、計算したら当時の父は37歳だった。

う、うわぁ。変な声出る。

だって、父と手をつなぐのが恥ずかしくてよく覚えているのだが、ガサガサの手で、真っ黒い背広を着た父は、ちゃんとした「おじさん」だった。感覚でいうと53歳くらい、な。

このように、勝手に父、母にびっくりして遊んでいたのだけど、先日、実家でテレビを見ながら母親がつぶやいた。

「母は67歳で死ぬときまで、孫7人預かって、面倒みたんだよねえ」

母とは、母の母のことである。今70歳の母は、たまに遊びにくる孫ひとりの面倒みるだけでもヘトヘトに疲れるんだそう。母は腰が痛い。**「すごかったよね、うちの母……」**

母も母にびっくりしているのだった。母も自分の母でそれをやっていた。父も、父の父でやっているかもしれない。楽しそう。これは長～く遊べる遊びかもしれない。

先日、池波正太郎でやっていたダンナはん……
この時51歳!! オレ今年50歳!!
うわあああ
オレまた銀座であそんだこともないっ!!
きもの姿の写真の、表紙
お、おちついて……

おうちで「かどうち」

「かどうち」という言葉を初めて知った。ダンナサンから教わった。一般的には「かくうち」、漢字は「角打ち」。使い方は「昔、おやじがよく角打ちしてきてさあ」（ダンナサン談）。

酒屋さんで立ち飲みすること、で、ツマミは店内で売っている缶詰とか乾きものなんだって。教師だったお義父さんはサッと一杯ひっかけて家に帰って夕食していたんだと。

か、かっこいい……

と、わたしは思った。そんで、自分もやりたいと思った。しかし、自宅が仕事場のわたしは、帰りに角打ち……できない。出かけるのは違う気がする。3歳児もいる。で、「家で角打ち」してみることにした。第1回角打ちは、お仕事5時半終了の我が家のベビーシッターさん誘って、台所で飲んでみた。ツマミは出すだけ、のジャコ&チーズ。絶対6時半まで。シッターさんも家に帰って夕飯つくらなきゃだしね。幼稚園の話などしながらわたしたちはひっかけた。もちろんだが、立っている。た、た、楽しい……！

仕事部屋からダンナサンがガラッと台所にやって来て、

「な、なにしてんの?」と、丸い目されて、

「ん? 角打ちッス」と言った時が楽しいの頂点だった。

第2回角打ちは翌日だった。それからは、ひとりだったり、ダンナサンもまじったり、夕飯つくりながら3歳に食べさせたり、近所の仲良し家族を呼んだり、減ったり増えたり。

「絶対、6時半まで!」

と、立って飲む。しかし、「2次会」と呼んでいるが、7時までになることが増えてしまう。戒める。で、うっかり4時から開店という暴挙にでる。反省してたら6次会(9時です)までいってしまう。その時は、なんと、椅子に座っちゃったりなんかして、しかもなんか炒めだしちゃったりして、ただの家飲み会になってしまったのだった。

「昨日はかっこ悪かった……!」

と拳《こぶし》を握る。日々「角打ち」の特訓だ。

特訓は、楽しい。

黄ニラを二束買わない

仕事部屋のカレンダーを月曜始まりで買ってしまったうちのヨシダサンが、くやしそうに日曜始まりに買い直していた。幼稚園の行事と家族みんなの予定を書き込む中央（台所）のカレンダーが日曜始まりなので、予定を写す時、間違えやすくて危ないのだ。

それに比べてわたしは、今年もカレンダーと手帳に成功していた。システム手帳は「ほぼ日（ほぼ日刊イトイ新聞）」の日曜始まり、カレンダーはシーガルの「歳時記カレンダー」の大きいほう。買うだけで一仕事終わった気になるこの買い物がけっこう好きだ。

ホクホクしながら、ふと今使っている手帳の元日のページを見てみた。

「今年の目標」と、書いてあった。

（1）ごはんをおいしくつくる。

（2）部屋と写真の整理。

「うわあ……」というより「あちゃあ……」か。どちらもできていない。

しかも写真の整理の下に「目標アルバム一冊！」なんて書いてある。人生の写真を一冊にまとめたいという野望だった。野望でかい。でかすぎる……。ところで、わたしは黄ニラを見つけると二束買ってしまうクセがある。黄ニラは、焼きそばや焼きうどんに入れると急においしくなって大好きなのだが、あんまり売っていない。だから見つけたら二束。今日も二束手にとって、ハッとした。

「黄ニラを二束買っているから、写真の整理ができないのではないだろうか?」。せっかくだからと買ってしまう。写真も同じ心でもう一枚撮ってしまう。こういう心が写真を増やし、服やカバンも増やし、洋服も色違いで買ったりして、部屋も散らかってゆく。そういうことなんじゃないだろうか……。

わたしは黄ニラを一束、そっと戻した。帰って作った焼きそばも、一束でじゅうぶんおいしい気がした。来年の元日のページに書く目標は決まった。

「黄ニラを二束買わない」

来年の今ごろ、わたしは同じようにふと元日のページを見る。「黄ニラを二束買わない」。大丈夫だろうか。来年のわたしはわかってくれるだろうか。心配です。

山口百恵が
マイクを
おいた時
みたいに
黄ニラを
戻してみた・・・
そ…

そして産毛を失った

百恵ちゃんが歌っていた「あなたに女の子の一番大切なものをあげるわ〜」の、一番大切なものってもしかして「産毛《うぶげ》」だったんじゃないだろうか？　と思うきょうこのごろです。それくらい産毛を失った44歳のわたし。だれにあげたんだっけ？というくらい無くなってきた。なんて言ったらいいのか、おでこ、直接濃い毛から始まっている。ダイレクト大人毛。

産毛を失ったのを知ったのは最近で、４歳のムスメのおでこを見て気付いた。何もいじっていない若い産毛たっぷりの美しいことといったら。どんなすごいカツラでも、この産毛は再現できないんじゃないだろうか。ホレボレする。

この産毛の親戚みたいな感じで、眉毛《まゆげ》の下、まぶたのちょい上、の毛がある。女子は化粧の時、ここの毛を切る、あるいは剃《そ》る、抜く。くり返す。そうすると、無駄《むだ》毛のフリした美しい毛たちが生えてこなくなる。くらべて何もいじっていない眉毛の美しいことといったら。売ってるならちょっと高くても買いたい、と思うくらい自力じゃ再現できない。

まだ眉をいじっていない若い女子のみなさーん、大事にしなさーい、と大声で言いたい。小鼻の白さも、ああ、以下同文。鼻パックしすぎると赤くなるよ〜〜と、どっかで叫んでも、若い人はきょうあしたの美しい自分のために眉毛を抜くし、剃るし、切るし、鼻パックする。よーくわかる。

だって、今わたしもビシバシ白髪を抜いているから。抜いてはいけない、ってまわりのお姉さんたちは言う。美容師さんも言う。色より大切なのは量、生えてこなくなる、って。わかってる。でもあした人に会うからって抜いてしまう。

わたしにもまだまだ失うものがあるのだった。未来のわたし、推定70歳には、またあのメロディーが聞こえている。そしてきっと言う。百恵ちゃんの歌っていたさ、「あなたに女の子の一番大切なものをあげるわ〜」の、一番大切なものって白髪だったんじゃないの？　なんで抜いた？　抜かないほうがいーよ、45歳くらいの若い人たち！って。

「真実タ〜イム！」ラジオに夢中

「テレビをあきらめて」。昭和の歌謡曲のタイトルにこんなのが……ないですね。すみません。子供が生まれてから、テレビをあきらめている。見る時間が無い。他に「夜をあきらめて」（夜、子供と寝てしまい、何もできない）も、ありますが、それは置いといて、テレビをあきらめてラジオを聞いている。ラジオは何かしながら聞けるのでとても良い。と、もう日本中の人が知っていることを知った最近です。

　ところで、ラジオを聞いていると、こんな瞬間がある。「えっ、しゃべっていたの、この人だったのか！」。これはテレビにはない一瞬なのだった。「誰だ？　今しゃべっているこのおもしろい人は！」という時間もある。頻繁《ひんぱん》に番組名（だいたい司会の人の名前がついている）を言ったり、ゲスト紹介や曲の後の「○○がお伝えしています」なんて決めゼリフがあったりするので、わかるまでそんなに時間はかからない。短い時間。これにドキドキする。

　これがテレビの時は嫌いな人だったり、なんとも思っていない人だっ

語学勉強用？・
録音機能バッチリ。
速く
遅く
スイッチついてます…

逆に
ラジオで
初めて知った
「好きだっ」
と、思った人の
お姿を
ケンサクすると
キンパツか
薄毛
の方が多いのは
なぜだろう…
あらっ
オウ…
マイラジオ

たりするのだった。このしゃべり方、好き。この人、おもしろーい。わたし、この人のこと好き？ 誰であっても好き？ 「よーし、好きだっ」と決めて、名前が聞こえるのを待つ。ドキドキする。

どこの誰だか知らないけれどアナタが好きという、この時間。これってさ、真実の時間じゃない？ ということで「真実タイム」と呼んでいる。本当は心の中で英語っぽく「真実タ〜〜〜ム！」と呼んでいる（バカ……）。童話の「カエルの王子様」のような、自分の心を試されているような時間なのだった。

子供のオムツをかえながら、「うわっ、この人、超好み」とドキドキした安住紳《あずみしん》一郎《いちろう》。仕事しながら「えっ、いい感じ」と思った少年隊の錦織一清《にしきおりかずきよ》。同じく博多大《はかただい》吉《きち》とか。びっくりしてすみません。

ああ、やだな、ＥＸＩＬＥとかもさ、そういう風に好みの人がいるんだろうな。聞いたらすっごいいい人で面白くて好きになっちゃうのだろうな。勝手に困っていて、本当にすみません。

２０１４年＝平成二十四年だっけ？

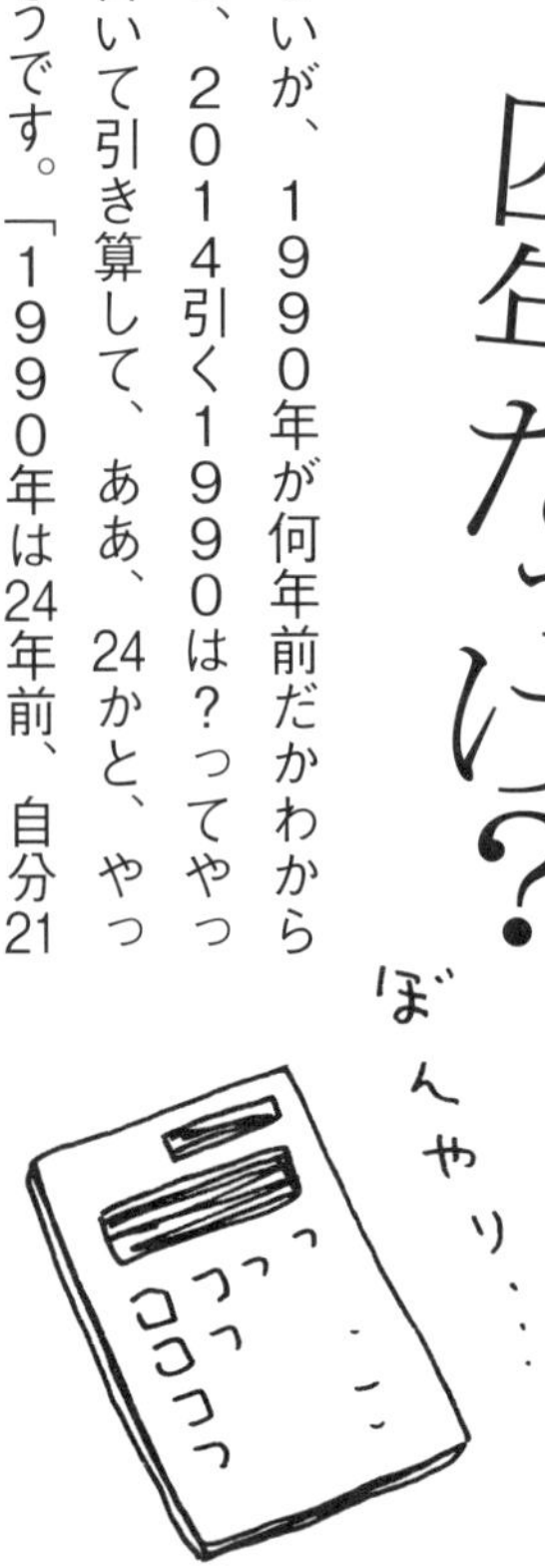

信じてもらえないかもしれないが、１９９０年が何年前だかわからない。いやわかるんだけど、２０１４引く１９９０は？ってやって、しかも暗算できなくて紙に書いて引き算して、ああ、24かと、やっとわかる。わたしは21歳だったようです。「１９９０年は24年前、自分21歳」……。

わかるんだけど、板についていない。それは１９９５年とか１９９８年になると、なおさらそうなのだった。昔はもっときっちりわかっていた。いつからこうなった？と探っていくと、平成になってそのあと西暦２０００年を越えたあたりから、なんかボヤ〜ッとしてきたのだった。把握《はあく》できていない感。なんか、アレに似ているのだった。「東京ドーム○個分」。とても大きいことはわかるんだけど、しかも「すごいですね〜」なんて言っちゃったりするんだけど、どれくらい大きいかわかっていないアレ。わたし、こういう把握できていないことが山盛《やまも》りだ。いや、ほとんどだ。ドームどころか１ヘクタールだって実感していない。トウモロコシがどれくらいとれるのだろうか。１００坪《つぼ》もわからない。１００

ずっと使っている
計算機も…
ハアク
できて
いない…
なんだろう？
このボタン…
M+？
MU？

人だってわからない。１００人どころかラーメン屋さんの前に並んでいる10人……なら、なんとか把握できるけど20人になるとわからない。どれくらいの長さかわからない。

10人ならわかると言ったけど、10人くらいの宴会が仕切れない。最初のビール何本頼んだらいいかわからない。子供がまざるとなにがなんだか。最近は子連れの家族飲み会が多いので、しかも自分が最年長だったりするので、切実だ。

このように大なり小なり、色々と把握できていないまま暮らしている。実は最近「平成」もあやしい。今年は何度も「平成二十四年」と間違えた。２０１４年とまざっているっぽい。ふと、日めくりカレンダーを見ると「昭和八十九年」と書いてある。これを見ると同志がたくさんいるような気がする。「桑田佳祐《くわたけいすけ》の昭和八十八年度！第二回ひとり紅白歌合戦」なんて聞くと、これでいいのかも、なんて気になってしまう。いかんです……。

ヤクルトさんと正しいトーク

ピンポーン。ヤクルトをたのむと、ヤクルトのおねえさんが毎週家にヤクルトをもってきてくれる。タプタプ（ハート）と、音はしないけど受け取って、チャリチャリッと、お金を払いながら玄関先で少しやりとりする。それはいつも、
「寒いですね～」「ほんとに。午後から雨だそうですよ」「いやですね～」「でも、週末は晴れるそうですよ」「わ、よかった～」
というような、主に天気の、どーでもよいやりとりで、わたしはもうちょっと気のきいたこと言いたい、おもしろいこと言いたい、と、うっすら思っていた。近所にこんなお店ができた的、お役立ち情報とか、冗談、一発ギャグ……は、ちょっとやりすぎだけど、なんか「本当の話」というか、うわっつらじゃないやつがしたい。
だから天気が雪だったりすると盛り上がる。「大変でしょう?! お疲れさまです！」とか言う。本心だから気持ちが楽しい。「新商品でました」も盛り上がる。買ったりする。しかし、いつもは天気をメインとしたヤクルト的社交辞令は続いていた。

ふと、自分が逆にヤクルトの人だったらどんな話をしたいか考えた。またまた逆にヤクルトの人にどんな話をしてほしいか考えた。そしたらそれは、気のきいた話でもおもしろい話でも便利情報でも冗談でも一発ギャグでもなくて、な、なんと、どうでもいい話、たとえば天気の話、だった。だって、訪問先の人が、あるいは毎週来る人が、がんばっておもしろい話してくるの、やだ。疲れるもん。会話しなきゃ、笑わなきゃって思うのやだもん。

「どうでもいい」と思われる話は、思ったより必要なのだった。毒にも薬にもならないやりとりじゃないとダメなのだった。

　そういうシーンっていっぱいある気がした。スーパーのレジ？　クリーニングの受付？　病院の待合室や親戚の集まり？　役所のお便りや合格通知、不合格通知、督《とく》促《そく》状、政治の人、弔電《ちょうでん》の言葉……。オモシロイほうがエライと思い上がっていた？　自分がちょっと恥ずかしい。来週も天気の話をぜひしたい。

「うちはドリフで行く!」

土曜日の夜に「8時だョ!全員集合」を見ていたら、途中から裏で「オレたちひょうきん族」が始まった世代です。どんな世代だ?

西城秀樹《さいじょうひでき》、郷《ごう》ひろみ、野口五郎《のぐちごろう》の「新御三家《しんごさんけ》」が出た頃、しばらく3人が兄弟だと思っていた世代でもあります。それは、まだ自分が小さかったので……と、ちょっと若ぶってみる。まあ、そんな世代です。

当時、クラスのみんなが、

「ドリフは古いぜ!」

と、「ひょうきん族」に流れていく中、うちは、両親がハッキリと、

「うちはドリフで行く!」

と発表した。重大発表であった。理由はひとつ、

「ひょうきん族は品が無い」。

ドン!(机をたたく音)。以上。

ドリフに品があったかはわからないが、うちの親は当時、そう思い、そう決定した。わたしは「ひょうきん族」のほうを見たかった。

同級生が「ひょうきん族」のギャグでふざけていても、そのおもしろさがわからなかった。大人になった今でも、時々「ひょうきん族ギャグ」は出るけれど、知識として「知っている」だけ。「神様」のマネはできるけど「志村うしろうしろ!!」だけで笑える世界観がないというか。なにを言ってるか若い人はサッパリわかりませんね。

「アダモちゃん」と聞いただけで心から笑ってみたい。それはもう永遠にかなわぬ夢なのです。

しかし、ドリフを見続けた喜びもある。最近、カトちゃんが46歳差婚！なんて騒がれた時は「なんかドリフ派だったんだよねぇ、わたし」なんて、うれしく思う。ダンナサンに言ってみたりもする。「えっ、ずっとドリフ？」と、びっくりしていたな。

親が決めた、「ドリフ」か「ひょうきん

族」か、のような小さな選択で自分ができている、と思う。今、選択するほうに来てしまった。うちのムスメのいろんなことをわたしが決める。今日の主食は「米」か「うどん」か。それとも「パン」か。

ムスメは大人になって言うかもしれない。「あの日はパンが食べたかったのに！」。わたしは「ああ、あれね」と笑ってから、親が決めたことです！と、怒るのです。ドン！と、ぜひ机もたたきたい。

お弁当の波に乗れないっ!

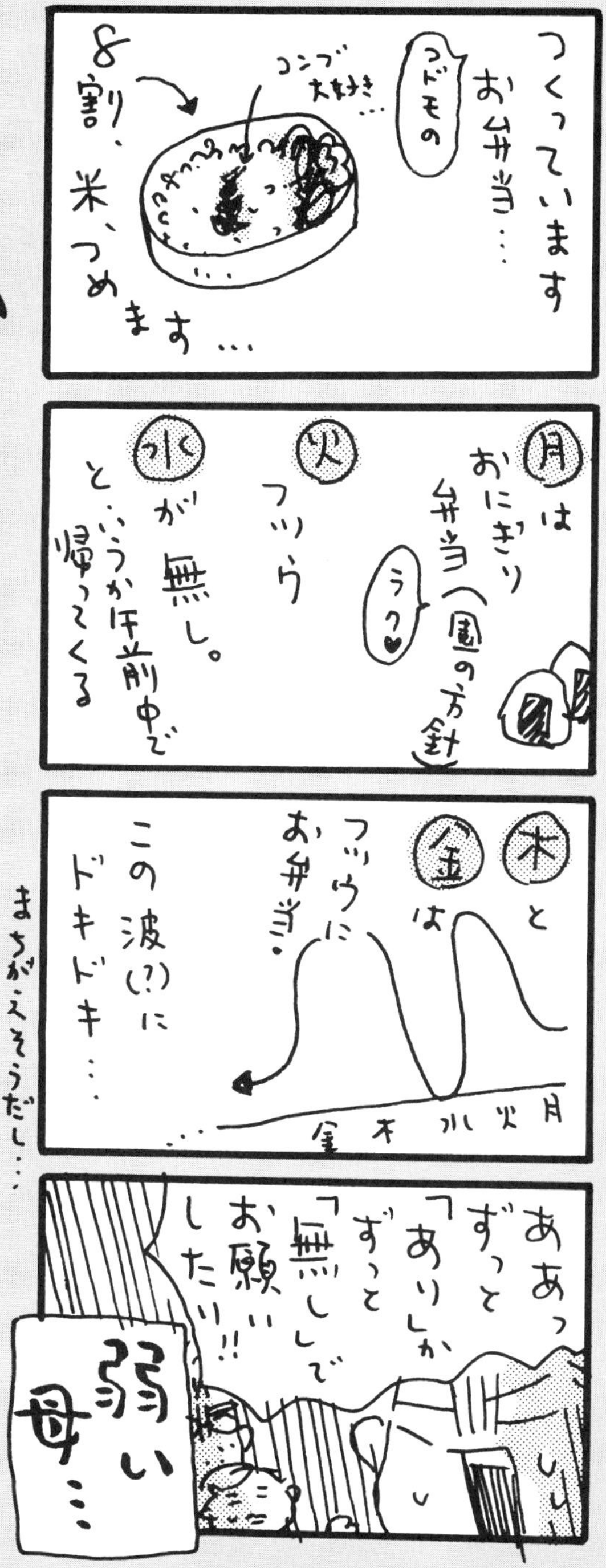

つくっています
お弁当…
コドモの
コンブ大好き…
8割、米、つめます…
月 は
おにぎり弁当(園の方針)
ラク♥
火
フツウ
水 が無し。
と、いうか午前中で帰ってくる
木 と 金 は
フツウにお弁当。
この波(?)にドキドキ…
月 火 水 木 金
まちがえそうだし…
ああっ
ずっと「あり」か
ずっと「無し」で
お願いしたい!!
弱い母…

しょーがない、お花見だもの

桜の季節は苦しい。「明日が満開」「でも仕事が終わらない」「週末に傘マークがついた」「散っちゃう……」などと、もんもんとする。そこに「お花見した」情報がラジオやらメールやらで入ってきて腰が浮く。「花見もしないで仕事して」「何のために生きているんだろう」とか、そっちにいっちゃう。「いや、別に。そんなに桜好きじゃないし」と、あっち方面からもなにか来る。

今年は「今日しかないのでは?」と思う日があった。快晴。今日が満開。次の日は傘マーク。でも仕事は……。しかし思い切った。「昼ごはん、外で食べよう」と、春休みのムスメ5歳とでかけることにした。そうだ、シッターさんも巻き込んじゃえ。おとといムスメの友達の家で宴会しちゃって遅れた仕事をしないといけない、午後2時には2人を置いて1人で帰って仕事しようブツブツ……。

気づいたら、うっかりオニギリをにぎっていた。ゲッ、お弁当買ってラクする予定だったのに！　これやったらおかずも欲しくなる……。しょうがないから「冷凍食品整理日」ということにして、色々チンしてつめた。「まさかとは思うが念のために」と、缶ビールをシッターさんの分も入れて４本保冷バッグに入れる。「２時まで……」ともう一回誓う。

　川沿いの桜は満開、空気がピンクで、たくさんの人が花見していた。「やっぱり今日だった」「来て良かったんだ」と確認作業にいそしんでいると、ん？　あちらから知っている顔がターッと駆けて来る。近所のソウ君４歳だ。おととい宴会した家の子だ。ん？　ということは……うしろに続く飲んべえの顔が。お母さんがお弁当、お父さんがビール持ってシートの場所を探して歩いて来る。「今日は終わった……」と思った。あちらもこっちに気づいて「今日は終わった……」と同じ目をして笑っていた。

　快晴、桜満開、冷凍庫整理、ソウ君一家に会った、あとそうだ、うちのヨシダサンが手《て》塚《づか》治《おさ》虫《む》文化賞短編賞をとった！　すべてをズラーッと並べて、全部を使って、「しょうがないなあ」と、今年も（今日も）飲んだ。

暗〜い声で朗報を告げる

わたしにはおかしなクセがあって、これから良いこと、相手が喜ぶようなことを言う時に、どうしてか声が暗い。「おいしいケーキがある」とか「今日の服かわいいね」とか「この席どうぞ」とか言う時の「実は」「あのさ」「あの〜」などの第一声が、もんのすごーーく暗い。これからとても悪いことを言うような口調らしい。

というのは、相手が「な、なに？」と悪い言葉を予想して、傷つかないように警戒する。んで、「なーんだ」と言われる（思われる）ことが多い。あ、またやっちゃった、と思う。

自己分析すると「いいことを言う」、つまり「相手が喜ぶことを言う」時に、それを言う自分に照れているようです。へんなの。

こんなわたしより、第一声が暗い人がいる。たまに行く近所の居酒屋のおかみさんだが、しょっぱな「こちらの席にどうぞ」が、ムカッとするくらい暗い。飲んでいるうちに「お皿いりますか」「これがおすすめですよ」も同じ発音なので、ああ、こういう発音の人なのか、と慣れてくるんだけど、行くとそれを忘れていて初めに必ずムカッとする。しかし

エライ？のは、ずっと暗い発音なのだった。わたしなんて最初だけ。勝ち負けで言ったら負けている。

何年かぶりにお店に行ったとき、わたしたちは子供連れだった。子供オッケイか聞く係のオトウサン。大丈夫と思いつつ、いつもちょっと緊張する一瞬だ。

「子供、大丈夫ですか」「あ、大丈夫ですよ」と例の暗い声。おお、久しぶりに聞くなあ。「あ、わかりました。ダメだってさ」と、クルッと、店を出ようとしたオトウサン。

え？　いやいやいや、今、大丈夫って言われたよ？「子供連れは断られるかも」という暗い気持ち＋暗い発音で、そう聞こえてしまったらしい。勝ち負けで言うと「暗い気持ち」vs.「暗い声」でうちのオトウサンが勝ったような感じである。子供の焼きおにぎりの横でお酒をやりつつ、オトウサンの暗さはすごいと思った。負けた気がした。まあ、負けてよい。

モヤシと春菊は山梨を通り

今から家族全員で長野の実家に出発しなくてはいけない。3泊4日で雪遊びする予定だ。そんな朝なのに、冷蔵庫にモヤシと春菊《しゅんぎく》がある。特にモヤシは早々にお亡くなりになってしまうだろう……。ここで、わたしの頭の中の「もったいない」軍が、人生でほぼ全勝の「面倒くさい」軍に勝った。珍しい。ゆでられ、ごま油、醤油《しょうゆ》などでナムル風にされたモヤシ&春菊は、箱形ジップロックに入れられてからリュックに放り込まれた。この雑な一品が、長野で絶賛を浴びた。

長野の父が、「これ、うまい」と何回も言う。へ？　これ？　こっちのお肉じゃなくて？　確かに、いつもより味がよくしみているような……気がする。中央線で特急あずさに揺られたか？　駅に向かう途中に子供を追いかけて走ったのが良かったか？　シャカシャカ振られておいしくなったらしい。料理しながら長野に帰ってきたのだ。モヤシと春菊を無《む》駄《だ》にしなかったことも、ダンナサンに褒められ、わたしは急に気が大きくなった。そして、気づいてしまった。

「これって、武田信玄《たけだしんげん》のアワビの煮貝と同じじゃない?!」

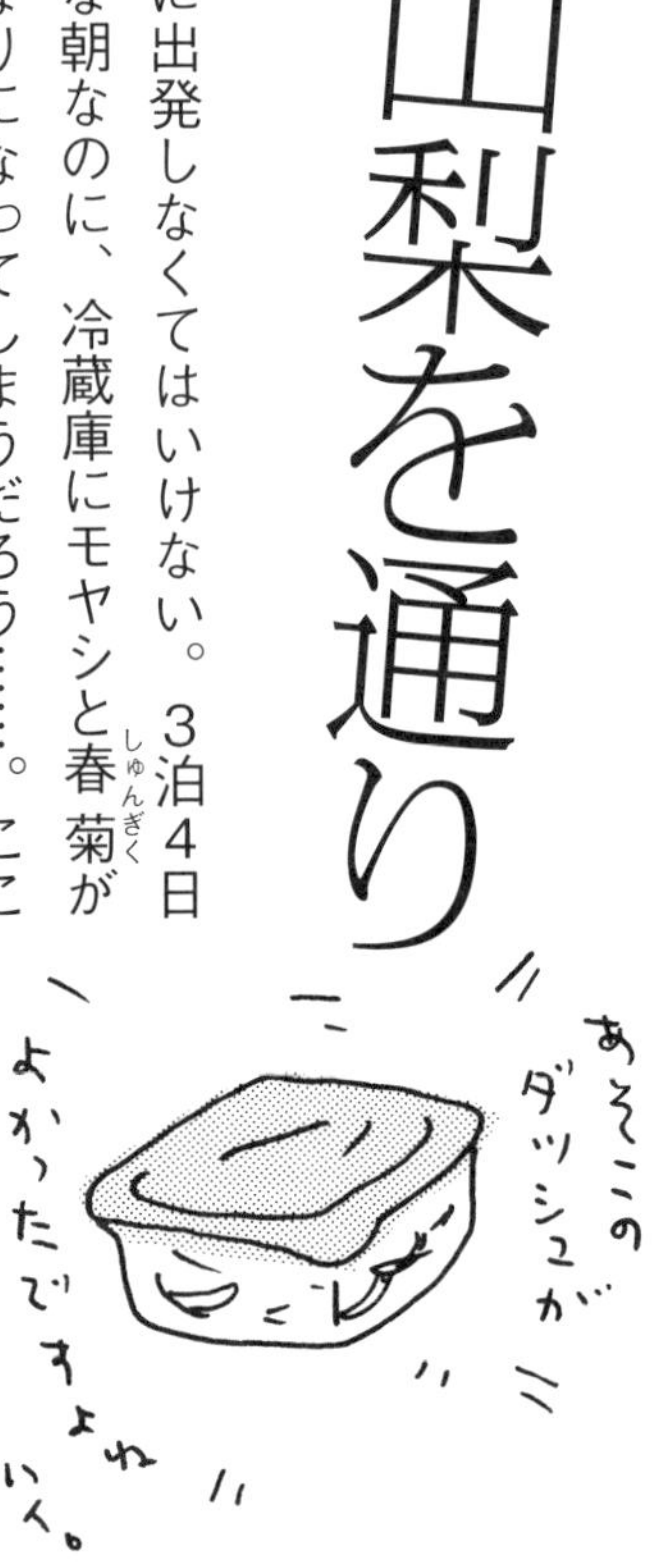

たけだしんげん……ポカーンとする家族の皆さんを置き去りにして、「アワビの煮貝」とは、その昔、武田信玄が駿河《するが》湾で取れたアワビを醤油漬けにして馬で運ばせたものらしい。馬に揺られて味がしみ込み、馬の体温で柔らかくなった、という一説付きの、海無し県、山梨の名物だ。アワビとれないのに、名物がアワビだ。

これは「すっぱいミカンを自転車の籠《かご》にいれて町内1周すると甘くなる」（らしい）にも似ている。しかし、モヤシと春菊は県を越えてきた。あずさに乗った。これは旅である。そして「ラクダで砂漠越えたら牛乳がチーズに」というよりも、やっぱり「武田信玄の馬にアワビ」である。だって山梨を通過して来たんだもの。

「アワビ」という単語が出てきて一層おいしくなったモヤシと春菊は、武田信玄と聞いて背筋がのびたお父さんたちに献上されたのだった。

神様とパンツとリボンちゃん

ちょっと昔、何の話の流れだったか、「わたし、パンツの前にチョチョッとついてる小さいリボンが好きじゃないんだ」と、知り合いが言った。「つけときゃいいだろ的なのが、うんと嫌だ」。わたしもあまり好きじゃなかったからうなずいた。が、「漫画ではつい描いちゃってます、すみません」と思った。漫画界では、これを描くとアッという間に「女の子」「女」ってことになる便利な記号みたいなものなのだ。

この記号的リボンちゃんは、現実の大人のお高いレースのパンツにもついてたりする。大人用に?グレードアップしていて、艶《つや》っぽい細いひもに2粒のビーズが縫いつけてあったりして「こんなテマヒマいらない……」と見るたび思う。

気の悪い時は「これで女が喜ぶとでも思っているのだろうか。絶対オトコの社長が縫いつけているな」（そんなことはない……）とか、「リボンはいらない、そのぶん安くしろ」と社長にダンパンしている自分を妄想したりした。漫画には便利に使ってるくせに、です。すみません。

うちの5歳児のパンツにもついている。「ついてるなあ」と思っていた。どっちが前か聞かれた時、台所で茶わんを洗いながら「あのねえ、リボンのついているほう！」と、大きい声で言ってハッとした。最初にリボンをつけた人は、小さい子供がどっちが前だかわかるようにつけたんじゃないか？「女だからつけとこ、うん」じゃなくて「ひとりでもはけますように」「前と後ろを間違いませんように」という、優しい気持ちからスタートしたリボンだったんじゃ……。

ラジオで聞いた話なんだけど、「お客様は神様です」と言った歌手の三波春夫《みなみはるお》は「お客さまが一番エライです」じゃなくて、「歌は神様に捧げるモノ、神前《しんぜん》で歌うのと同じ気持ちで皆様の前でも歌います」という意味で「神様」と言ったんだって。へえ～！と思った。今はみんなそう思っていない。お客様、えらそう。こういうふうに最初と違ってきちゃったものっていっぱいあるんだろうなあ。いや、神様とパンツを並べちゃいけないけれど。

カッコ悪い旅支度

同じ連載「オトナ女子」の、益田《ますだ》ミリさんの沖縄にひとり旅した回を読んで、「くーっ、カッコイイ〜」とわたしより先に言ったのは隣にいたヨシダサンだった。「荷物は、出かける朝にパパッと詰める」にキタらしい。わたしもかなりキタ。

と、いうのは、沖縄へ家族旅行の予定を立てているのだが、わたしの旅支度がカッコよくないんである。「子供のいる旅行だからしょうがない」「7泊8日で長い」というところをさっぴいてもカッコ悪い。

どうカッコ悪いかというと……言いたくない……んですが、着ていく服、持っていく服、パンツ、靴下、水着、帽子、日にち分ぜーんぶ、絵に描いて図にまとめないと荷物の用意ができないんです……、ああ……（遠い目）。これは2泊3日で実家に帰省するときも同じで、その図を見ながら前の日に着ないように洗濯まわりを考えて暮らす。形の似た服と間違わないように色まで塗って、「1日目」「2日目」……なんつってお絵かきしてるのである。

最近はムスメと2人分。しかもその図をベビーシッターさんに見られてしまう事件勃発《ぼっぱつ》。机に置きっぱなしにしていたのが悪いけど。反射で見なかったことにしてくれたシッターさん……。

あと、飛行機の予約でも大騒ぎしている。カードで支払ったものすべてがマイルにまわるように計画を立てて3年、今回そのマイルで家族3人が沖縄に飛ぶ予定。絶対チケットとりたい。

「予約が2カ月前の朝9時半から」という情報を電話で2回問い合わせして確認したのち、インターネットでスムーズにとるために家族を登録、当日どの画面でログインするのか、この画面はここをクリック、申し込み画面へ、次はここ、その次はここだ、フーン！　間違わないようにもう一回だ！　と、練習している姿をヨシダサンに見られる事件勃発。ドアをあけっぱなしにしていたのが悪いけど。反射で見なかったことにしてトイレに入ったヨシダサン。ジャーッと流していたけど本当にしたのだろうか。

カッコよくサラッと旅に出るのが夢です……。

ウラのシロイチラシを半分に切ったものに旅の準備メモを、ガシガシ書いていくのだ。
沖縄メモはミドリ色の紙でまとめてみました♥
美学？
ミドリのチラシはキチョウ品…

アタシ
漫画家
ツマ
母
デブ
42歳〜45歳

ダンナサン
50歳に突入
オムツ
ムスメ
2歳〜5歳

Part 3

私なアタシ

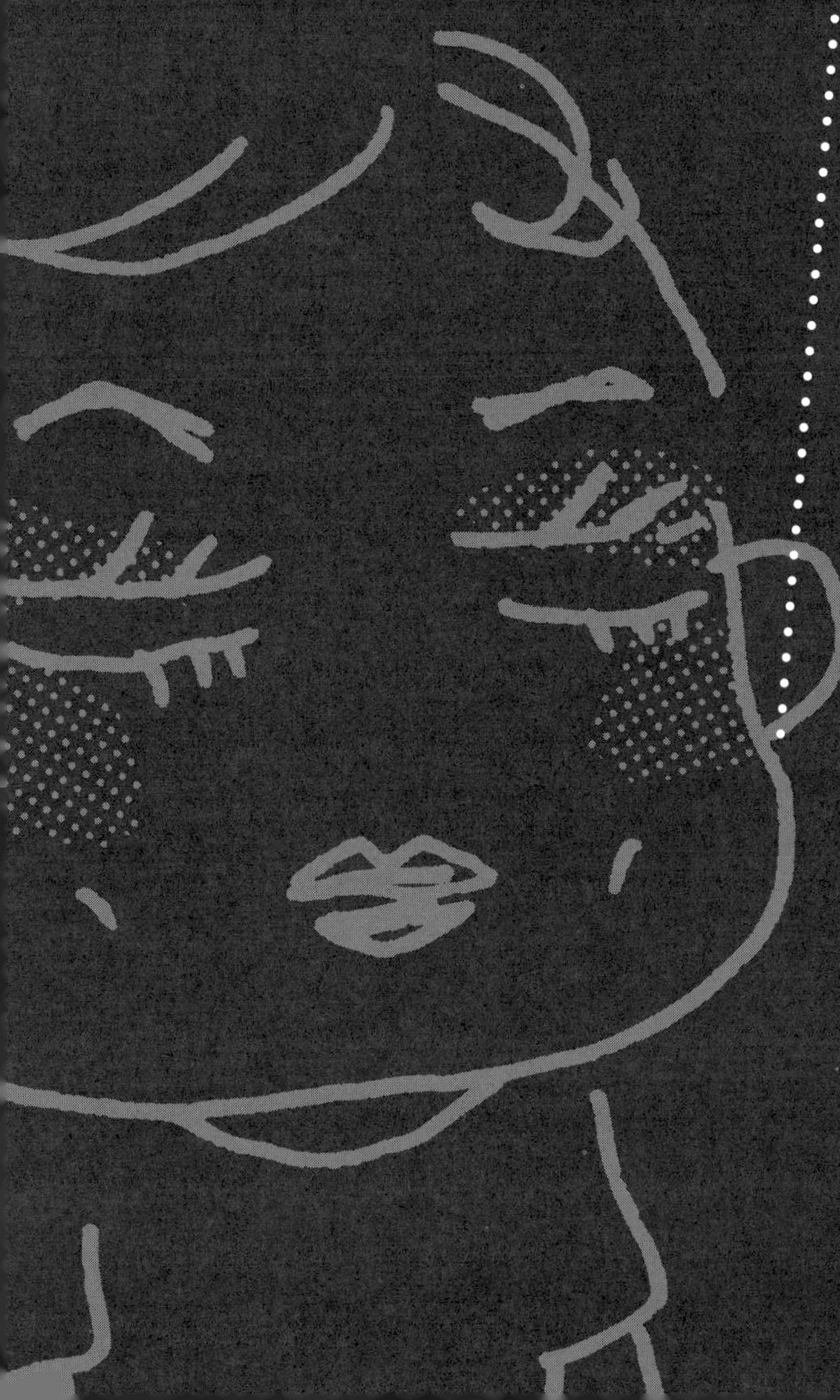

やめなよ、電車内の化粧

きょ、今日も見てしまいました。電車で化粧をする女子です。今日は若い。ヤング。

座っていきなりチーク。え？　ってことはファンデーションは家で塗ってきたの？　でもでも眉《まゆ》を、アナタまだ描いていませんよね。「チークは仕上げ、一番最後」という概念をわたくし、ぶっ壊されております。

うわ、ビューラーってそんなに角度、上にいってもいいものなんだ……！

心の中のヘタな実況生中継が口に出そうになる。

「昨夜、恋人が死んで朝まで泣いて化粧ができませんでした。お葬式に行くんで駅に着くまでに化粧しないと……」なんて事情だったら、眉がうまく描けるように目をそらしてあげようか。でも、ただの日常っぽい。鏡がでかい。手慣れている。腕がいい。うまい。なんか東京名物を紹介しているみたいになってきた。

しかし、「電車で化粧」はお笑いのネタにもなっているような「みっともない」の代表ですよね？　こんな若くて可愛くてオシャレでハヤリモノに敏感そうなこの女子に、「どうして届かないんだろう」と、思う。不思議……なんて思っている間に、ああっ、どんどん可愛くなってる〜〜！（悲鳴）

わたしは考えるです。

この女子、目の前に憧れのセンパイ男子が立っていても、車内化粧する部族なんだろうか。いや、やらない部族だと思う。

今、この車内にいる人を「捨てて」て、人生にカウントしていないだけ。捨てられたわたしが言うのもなんですがね、やめなよ、化粧。わたしがセンパイのお母さんかもよ？　おうちにアイサツに行ったらわたしが出てくるかもよ？

「アナタ、さっき電車の中で化粧してたでしょ。ワタシを捨てたでしょ」

と、息子の結婚に反対する母のわたし

……ってことは、いくつで結婚して息子産んでないとダメなんだっけ？

どんな息子かな、へへっ、

と、モウソウしてニヤニヤ。

ハッ。

あっちから見るとわたしが変な人だ。しかし（イッカツして反対してやる）と、セキバライをする母なのだった。

年齢と反比例します

トシをとればとるほど濃くなると思っていたお化粧ですが…
マダ〜ム
シワ
シミ
くすみ
たるみ
くらが
ヒー
デブ!!
たいりょく不足…
けんしょうえん
ヒザ…
老眼
他のいろんなことが大変で…
どんどんうすくなってて不思議だ…
なんかねー写真に「化粧」がうつらなくなったの…!!
先日、アイシャドー捨てました…
アハハ
古くて…

42歳、ジーパン勝負やめっ

ふと、気付く。
「ジーパンってさ、
わたし、はかなくても
よくない？」

ジーパンを、わたしは、はかなくても良くないですか？　と、もう一回テイネイに思ってみる。そういえば、どうしてジーパンのことを「1本は持ってなきゃいけないモノ」と大切に思っているんだろう？「なにかと便利」と思っているのはなぜだ。ジーパンが似合うと言われたことがあったか？　足が太くて短いのにどうしてジーパンで勝負しなくちゃいけないのか。

「足を長く、お尻をキュッと上げて見せるデザイン」という名のジーパンを苦労して探しても足は短いまま尻はデカイままでした……のに、なにゆえジーパンを頑張ってきたのか。しかも太った時、サイズを変えて買い替えていませんか？……カイカエテイマスネ？　オマエはもう、他のモノをはけっ。この青42歳め！　このおとめ座のO型め！

バカッ
はかないとダメッ
体を入れるの!!
バカッ
デブッ
オシャレの神サマに
怒られそう…

と、星や血にまで、とばっちりがかかるほどだったのですが、このように、人生から「ジーパン」を捨ててみたのです。

スッキリしました。スカッとしたと言ってもいい。スコーン！でもいいな。楽になった。そして「他にもなにか捨てたーい」気分となり、「もっとないか？　ジーパン的なモノ！」と、キョロキョロしていた。

　で、ひょっこり発見したのが、

「ファンデーションってさ、わたし、塗らなくてもよくない？」

です。ひょっこり。

最近の
若いムスメさん
たちは、
足が
長いから？
足を長く見せることに
価値をおいていない時があって
それってなんか
「イイネ！」と思うのだが
それをマネすると
ひどいめにあう、というのは
やらなくてももうわかる
42歳…　大人です。
ほう
ほう
じろ
じろ
ぶさいくなシルエット。
が、若いとかわいい。
横断歩道などで盗み見まくる…

　これは「塗らぬほどの美肌である」という話ではなく、塗っても塗らなくても周りの反応が変わらないから。ああ、二十数年塗ってきたファンデがいらないって……今までファンデーションという名の「何」を塗っていたんだ？

　しかし、これにはまだ自分の中で「待て」がかかっている。「大丈夫か？」「ちょっとは違うんじゃないか？」という声もかかっている。

青42歳です。

そのネーミング、なぜなんだ…

高尾山のボスザルは
ハッスル

「自分に名前をつける」って、とても恥ずかしい。わたしは17歳でデビューした時、そりゃあもう、はりきって考えたペンネームを、

「何、この変な名前。親からもらった名前にしなさい」

と、編集さんに言われ、真っ赤になって、本名でデビューした人間です。自分につけた名前がボツだったって、漫画家としてどうよ。

そんな恥ずかしい「自分に名前をつける」行為が、最近増えたと思う。ラジオネームとか投稿ネームじゃなくて、ツイッターやメールアドレス、のほう。もうちょっと生活に必要なほう。

その中で、携帯のメールアドレスは、気持ち、家パソコンより軽い感覚でつけるので、正直な、「何か、本音のようなもの」が出ている気がする。

本名のまま、もあるけれど、子供、猫、犬、孫の名前、を並べたり、ああ、このアニメキャラが好きなのね、などの、「大好きなもの」がにじんでたりする。自分の名前に「ちゃん」つけてる男ってさあ、ははーん、自分が好きなのね？　などと、意地悪な気持ちの時もある。数字はだいたい自分の誕生日、彼氏彼女、または子供の誕生日。自分の身長の女子もいるなあ。母親の誕生日にしている知り合いもいる。

誰のを見ても「へええ」と思う。

他にも、「工夫しない」という「工夫」をしたり（わたしはこれにしてみました）、ふざけてみた、という「こだわり」の人もいる。

思えば、色んな「名前、それでいいの？」を乗り越えてきたよ。軽く「お〜いお茶」「甘栗むいちゃいました」とか。重い？のは「平成」か。コタツで生中継にびっくりした世代です。

そういえば『吉田戦車』にもびっくりしたっけ…
せ、戦車て!!
す、すげーな
まんが
この人と結婚するとは思っていないハタチあたりの頃…

生中継と言えば、もうだいぶ前だが「国民の生活が第一」に、久しぶりにびっくりした。「も、もしかして　これ、ふざけていないんじゃないか？」と、こわかった。返ってくる刀は「ペンネームがボツだったやつに言われたくねーよ」だけどね……あ、とても痛い。

持ちネタ、どんどん育つ

先日、お酒の席でわたしはまたあの話をやった。
「ワンピースの裾《すそ》の後ろをパンツの中に入れて出かけたことがありまして」で、始まる話である。
「24歳、いや22歳の時かなあ、アニエスベーの黒いワンピースを着て出かける前に確かにトイレに行きましたよ、ええ、おしっこしました。その時あわててパンツをあげたんでしょうね……。そのあと銀行のATMに並んで2万円おろして駅前の横断歩道をわたっている時、同い年くらいの女の人に『あ、あの～』と声をかけられて。ああ、また道を聞かれるんだな、と。あ、わたし道を聞かれやすい顔なんですよ、で、またか、と思って『ハイ？』って面倒くさそうに振りむいたら」（ここで振り向く自分のモノマネ）
「『パ、パンツ出てますよ……』って。その日のパンツがサーモンピンクのデカパンで！　ATMでも信号待ちの時もずっとサーモンピンクですよ！　うわーーん！」（最後、泣きまね）
いつものようにその話はうけた。が、わたしはなんか胸にアーモンドが横になって詰まったような気持ちになった。ごめん、そんな経験は無いが、しかし、ハッキリと思った。

わ、わたし、この話、すごくうまくなってる……！

黒のアニエスベーは本当です。いっちょうらだった。しかしおろしたお金は2万円だったか？　パンツは、ただのピンクでなかったか？　22歳なんて言いなおすとこがウマイ。自分で言うのもなんだけど自分のモノマネがすごく似ている。

このように嘘《うそ》じゃないけどおもしろく育っちゃった話がある。話すのが上手になっちゃった話。話に磨きがかかっている話。こなれている話。そんな小噺《こばなし》のひとつやふたつやみっつ、ある年頃ですか。42歳。

しかし、本当にびっくりしたのは、

「この話、わたし、どんどんうまくなっちゃって。あはは」

と、付けて、もう一回笑いを取ったことである。怖い。次にこの噺を演《や》る時がもっと怖い。

私を通り過ぎた、彼

わたしはある少年にうっすらと好かれていた。過去形である。彼の名誉のためにA君、としておく。

A君は最初、小学4年生だった。現・ダンナサンの友人の子供さんで、わたしは当時、「結婚したい男＝現・ダンナサンとの恋愛」を全力でしていたので、何かが人生最大だったんだろう。当時37歳、かなり年上のお姉さんが光って見えてしまったんだな。……言っていて恥ずかしいですが、「好き」というより「お気に入り」というのか。それはわたしが結婚を果たしても、変わらなかった。

わたしが妊娠した時、A君のお母さん情報だと、「赤ちゃんが一番になっちゃって、ぼくが一番の可能性がなくなる」と、ぐちっていたそうである。きゅん。

A君が中学1年生になった時、クラスの女子に告白された時も、その子がわたしに似ていてびびったって言ってたんだって。きゅんきゅん。

生まれた子供も見に来てくれた。抱っこされてる子供の手を握っていると思ったらわたしの手だった！　という事件も起こった。顔が真っ赤だったA……。あれ、ごめん、呼び捨てになっている。

A君は中学3年生になり、わたしは42歳になった。子供はもうスタスタ歩いている。わたしたちは久しぶりの再会を——あっ、わたしより背が高くなっている！——果たした。

A君は……育児疲れでひっつめ髪の、だいぶ太った、コンタクトやめてメガネにしたわたしを見た。その時、愛は試されていた。が、A君はあっさり、フッと、そしてそっと、わたしを卒業していった。その一瞬がわかった。周りにもわかった。

結婚しても、子供が生まれても終わらなかった愛を、わたしはなにでなくしたのか！　しかし、わたしは立派でした。ショックを隠して、

「お年玉あげるから、正月はうちに遊びにおいで〜」

と、自ら、ちゃんと「近所のいいおばちゃん」の役についてあげた。A君、ちょっとほっとしていたな。A君のお母さんもな。

みんな割と止めてくれない

みんな割《わり》と止めてくれない。変な日本語だけど、そう思う。わたしが23歳で1回目の結婚をした時、みんな、「こ、これはうまくいかない」「し、失敗する」と思ったらしい。思ったどころじゃなくて、みんなで話をしていたらしい。けど誰もわたしを止めなかった。

「相手がハッキリと悪人とかなら止めるけどさあ」「男と女のことだからさ〜」「止めたってアナタ、言うこと聞かないでショ」。そのとおりだったし、父も母も止めなかった。1回くらい誰かに言われたかもしれないけど、そこをもう1回熱心に言ってくれる人も、体を張って止めてくれる人もいなかった。あたり前である。そんな暇と手間は親にだって無かったのだ。

で、2回目の結婚をした今、なんでこんなことを思い出しているかというと、「ハードな糖質《とうしつ》制限ダイエットをしている知り合い」を止められないでいる、からだった。結婚失敗話と一緒にしては大変にシツレイだけど、「糖質抜いても絶対痩《や》せない」「糖尿《とうにょう》病じゃない人がやるのって体に悪いのでは」と、思っているのに止められない。「逆に太ると思う」とサラリと決めゼリフを言っても、ぜんぜんだ。さらに余計なこと言って嫌われたくないしなあ……。わたしも「割と止めてくれない」のだった。

　ところで、最近まで使っていた化粧品があった。日焼け止めだったが、自然派だから伸びが悪くても白浮きしても「肌に良い」と塗り続けていた。やめてみた。「やめたんだヨ～」とヨタ話を酒の席でしたら、そこにいた化粧品に1ミリも興味の無さそうな若いビール男子が、「あー、いつも顔、白くてヌラッとしていたですもんね！」と敬語だか何だかで言った。間髪《かんはつ》いれず、とはこのこと、隣でサワー中だったカワイイ奥さんがバシッとビールの腕をたたいた。無言だったが、「バカッ、何ハッキリ言ってんのっ」だと思う。それを見て「あ、わたしヌラッとしていたんだ」と、改めてガーンとさせていただいた。またやらかしている。

　みんな割と止めてくれない。わたしもだ。

キレイになったわけ

わたしは最近キレイになった。ああっ、読むのやめないでください。正確、に言います。「最近ちょっと顔の皮膚がキレイになった」でした。間違えました。えらい違いだ。すみません。

ある美容法を始めたら、あっというまに皮膚がキレイになった。これがもう、言うのが嫌になるんですが、「なにもしない」という美容法で、せっけん洗顔、化粧水、乳液、日焼け止め、お化粧、すべてやめる。水洗いだけ。わたしは紫外線がこわいので、出かける時はＵＶカット効果のあるパウダーをはたく。

そ、それだけ……。

なんちゅう美容法だろうか。しかし、43歳、なにをしてもつけてもお金かけても、パッとしない自分の顔に、むちをふるう気持ちで、思い切ってみた。不安の最高峰《さいこうほう》。しかし！

「なんか肌がキレイだなあ」

と、ある飲み会で男の人、それはそういうことに鈍感なタイプのオジサマが、乾杯の時、つまり酔っぱらう前に、そう言った。

こ、これは間違いない。わたしはキレイになったに違いない（肌が）。しかし、わたしは悩んだ。だってさ、今まで毎日やっていたアレはなんだったの？　パシャパシャヌリヌリは。今までの時間と労力は？　あと、お金。マ、マニー！と、英語で叫んでしまうくらい使ってきた。何も考えず、「大人になったら化粧水つけてお化粧するもの」と思ってた。何も考えなかったのは悪かったけどさあ、「どちらかというと良いこと」と信じてやってきたことがそうでもなかったことにびっくりする。

ふと、これって、何かに似てないか？と思ってしまう。あれに似ていないいか？原発のことです。

やらなくていいこと、お金かけて一生懸命やってないか。誰かが黙ってもうけていないか。そんなことを自分の顔見て考える時代、いや、年になった。どちらもまだ間に合う、と強～く、信じたい。

ひみつ道具「鹿賀丈史フィルタァ〜」

たとえばこういう時、「今、この男の人が人気、ほらほらこの人！」などと、テレビの前で指さされたタレントさんや歌手にピンとこない。「この人にはまっちゃってて」と、見せてもらった男性アイドルの写真にうなずけない。こういう時、そっと自分の殻《から》に入って静かにつぶやいてみる。これは「わたしの鹿賀丈史《かがたけし》」じゃないか？と。

「わたしの鹿賀丈史」とは、テレビドラマ「Gメン'75」に出ていた若い頃の俳優、鹿賀丈史である。それは土曜日の夜、かっこいい刑事役で突然12歳のわたしの目の前に現れた。今でも目に浮かぶ。地下の暗い取調室、カツカツと足音を響かせて犯人の前に出てきた時の逆光のシルエット、これはかっこいい人が姿を見せる予感。しかしパーマの頭がモジャモジャにみえた。照らされた顔が、目の小さい同級生の男子に似ていた。ええええええ？（叫び）

これがわたしの記憶だ。正しいかどうかネットなどで調べられると思うけど、調べない。なぜか、この記憶を大切にしたい。とにかく、その時の鹿賀丈史を、お子ちゃまのわたしは理解できなかった。「かっこいい扱いだけど、この人、か、かっこいい、か？」と、心の底から謎だった。
新人アイドルでもない、今まで見たことない俳優さん、ハンサムじゃないのに、かっこいい扱いの男を初めて見た気がした。その後、何年もかけてわたしは鹿賀丈史をかっこいい、と理解した。

このように、なんかハードルの高い男の象徴が鹿賀丈史なのである。どこがかっこよくて人気があるのかわからない人を見ると、まず「鹿賀丈史フィルタァ〜」（なんとなくドラえもんの発音で）に、かけてみる。そうすると、あら不思議、わかる時がある。俳優の内《うち》野聖陽《のせいよう》をかけて、一発で「ああ、この人、『かっこいい』だ」と理解した。わからないと別のフィルターにかける。フィルターの数は年齢と比例している気がする。多いです。「財産」は、言い過ぎだけど。

そういえば、わたしたちの年代には、松《まつ》田聖子《だせいこ》というでっかいフィルターがある気がする。

気持ちよく怒られたい象ッ!

上京して一人暮らしを始めた頃、「電話を何時にかけてもかけられても親に怒られない」というのは素ン晴らしい事件であった。昭和63年。受話器は紐《ひも》でつながっていたし、電話の権利が財産になるといって1回線約7万円という時代だったけど（ひどい……）、その日も、同じく上京して一人暮らしを始めた同級生女子と長話するために料金の安い深夜にピポパした、18歳のわたし。

「……はい」（野太い声）

1秒で間違い電話を確信。寝ぼけたオジサマの声。

「すすみませんまちがえました」と慌てるわたしに、

「こんな夜中に間違えたらだめじゃないの。ハイ、もう寝なさい」

「は、はい」

「寝ないとだめだ象ッ」。パオーン！　ブツッ、ツーツーツー。

「だめだ象」は本当に「象」の発音で。パオーン！はこちらの空耳《そらみみ》ですが、素直に言うことを聞いて、寝てみた。怒られたのに気持ちよかったなあ、あの時……という話を久しぶりに思い出したのは、電車で怒って

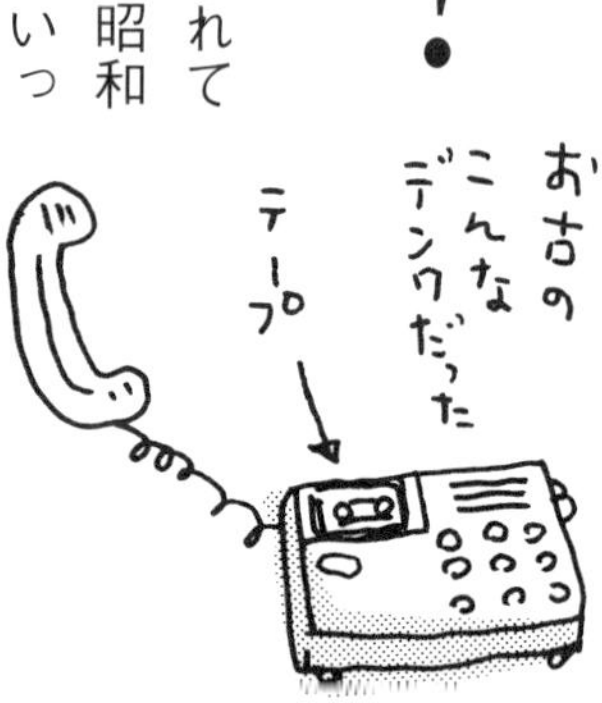

いるオジサマを見たからです。空《す》いている始発から乗っていた学生風の女の子がすぐ眠りだしちゃったんだけど、そこはシルバーシートだった。混み始めた時、怒鳴り声がした。

「気の利かねえ女だなあ！」

せんすをパタパタした白髪のオジサマがその子の前に立っている。

「年寄りに席を譲らない気か！」その女子はあわてて立って席を譲ったけど、

「気の利かねえ女だ！」

と、座ったオジサマにもう1回怒鳴られた。しーん。車内一同、ショックをうけていた気がする。シルバーシートに座って寝ちゃって席を譲らなかったのは正しくないけど、その怒り方、せんすパタパタしてるけど、センスないんじゃない？　怒られるならわたし、「寝るんだ象ッ」のオジサマがいい、と考えてハッとする。もう怒られるほうでなくて怒るほうの年代じゃないか……？　うわあ。上手に怒る自信がまったく無い。

パンツの洗礼、オンナへの道

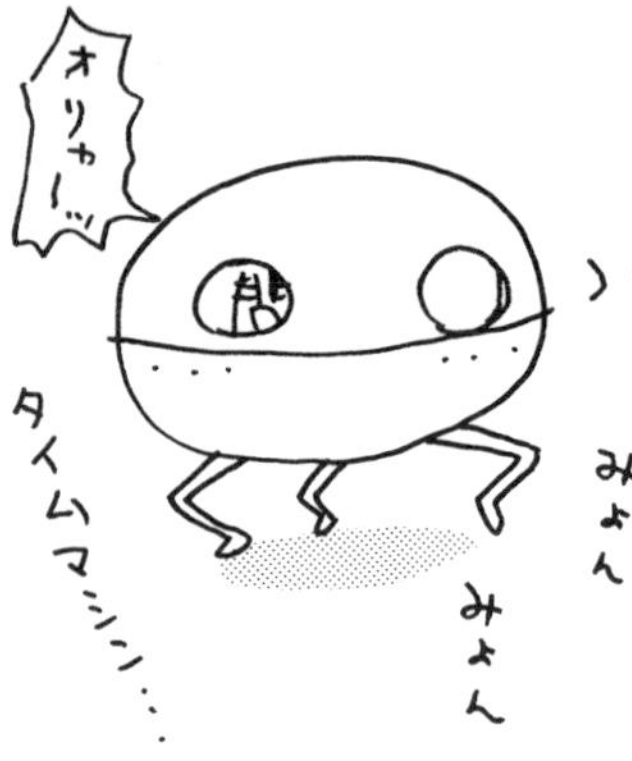

むかしむかし、長野県に女子高校生がいました。夜、女子高校生は居間で寝転がってテレビを見ていました。その横でお母さんが洗濯物を部屋干ししています。朝、そのまま外に出すだけにしておきたいのです。ちょうどその女子高校生のパンツのシワをパンパンッとのばしていた時、お母さんは聞きました。

「あのさ、干してるのアナタのパンツなんだけど。手伝おうとか思わない？」。女子高校生はテレビを見たまま言いました。「洗濯はお母さんの仕事デショ」。お母さんは絶句したままパンツを干しましたとさ。おしまい。

……この話、なんど思い出してもタメ息が出るんだが、残念なことに、この女子高校生はわたしです。タイムマシンがあったら自分をブッ飛ばしにいきたいんだが、どうしたら乗れるんだろうか。今さらだが母に謝ったほうがいいんだろうか。自分のことながら、せめて少し手洗いしてから洗濯に出すとか、そういうアレがなかったのか？　なかったんだな……。

そんなパンツオーラがにじみ出ていたんだろうか、ある日の飲み会でオトコの編集さんが「あのー、離婚して、中学生のムスメがたまに泊まりに来るんですけど……」とすごく言いづらそうに相談し始めたのが、「娘が置いていくパンツ、俺が洗っていいのだろうか？」バナシだった。女の子ってパンツは手洗いしてソッとどこかに干すものじゃないんでしょうか？　つーか、洗わせて恥ずかしくないんでしょうか？

わたしは酒を置いた。

「中学高校生の女子なんて、そんなもんです！」。ハッ。立ち上がっている。昔の自分を擁護《ようご》したい気持ちになったわたし。必死で自分に助け舟。「自分のパンツがどうやってキレイになるか考えない、それが若さですよ！」

　若さ……。編集さんが納得したか忘れてしまった。女子高校生は18年住んだ自分ちの庭に何の木があったかも知らないで、東京都が地図のどこだか知らないまま上京して、４畳半で自分のパンツを初めて洗うのだった。若さ……のせいにしたい。

鼻息顔のおばさんの親切

今でも思い出す人がいる。男……ではない（残念）。それは通っていた短大の学生食堂のおばさん。

学食は夕方４時過ぎになるとセールになった。昼は２００円とか３００円で売っているおかずを１００円で売り出す。そこへ、住宅街に出没するタヌキのように顔を出すのが18だか19だかのわたしだ。

タヌキは毎日やってくる。近所の４畳半風呂なしに住むタヌキはそこで早めの夕飯を２００円以内で済ませようという魂胆《こんたん》でひょこひょこ出没する。ひとりでやってくる。クラスの人にばれるのが恥ずかしい。変なタヌキ。関係ないがオカッパ。昼間は座れないくらい混んでいる食堂は信じられないくらいすいている。２、３人しかいない。

いつも白い三角巾《さんかくきん》の黒縁《くろぶち》メガネのおばさんがいる。物言いがとても冷たい。よくいえばテキパキ。ある日突然、「あなた今日はいくら持ってんの？」と冷たく聞かれる。「に、２００円です」と、タヌキ。おばさんは、おかずをパパッと４皿選んでドンッ。「はい２００円」「えっ」。ペコッと頭だけ下げたタヌキは「２００円で４皿」を取り消されないようにすば

やく陣地（テーブル）に持っていく。チラッと見ると「ふんっ」という鼻息顔でおばさんは次の仕事に移動する。優しくされたことにタヌキは気づくのだった……。

タヌキは４皿を期待して通う。おばさんは応えてくれる。「それ、夕飯？」と冷たく聞かれて、「は、はい」というやりとりもあるようになった。実はタヌキは昼間も学食に行く。「回虫うどん」というあだ名のかけうどん１５０円を食べる。おばさんがレジを打っている日もある。ペコリと頭を下げると、まったくの無視なのだった。夕方は口をきいてくれる。質問はもう「いくら？」だけになっている。「１５０円です」と答えると３皿出してくれる。２００円だと４皿。

そしてタヌキは太った、じゃなくて大きくなった。45歳。もしかしてわたし、今、おばさんより年上じゃないか？……タヌキはそんなふうに人に優しくしたい、いや冷たくしたい、と思うのだった。

気がつけばトイレの語り部

飲み会でトイレの話になった。

お題は「小さい頃の自分ちのトイレ」。40代、50代がワイワイ。ビールが効いてきていた。

「もちろん和式」「トイレじゃないよね、便所だよね〜」「家から離れててさ」「離れてなかったけど家のホントに隅っこ」

「……ちり紙だったよね」

おおお、今はアレ売っていないよね！　と、なぜか張り切るオジサン、オバサンたち。


「束になってて長〜い袋に入っているヤツ」「袋にバラの絵かいてなかった？」「入れる箱が置いてあったよね。足がついてて竹でできてた」「あったっけ？」

ここで出身地確認。

東京2人、千葉、高知、長野（わたし）に岩手（ダンナサン）。なかなかにバラけている。

「手もさ、水の入った緑色の容器がつるされてて洗った」「下

から押すと水が出てきてね」「青色じゃなかった？」「エモンカケにタオル……」「本当に家の裏にキンモクセイが植えてあったもんね」「便器にふた、あった？」「途中からプラスチックになった。ガバッとでかいやつ」

「……木だったな」

「トイレの下の細い窓のところに陶器の猫ちゃんが置いてなかった？」

「いた！　それ2匹じゃない？　**親子の猫ちゃん！**」。

同じモノだったりして！　ゲラゲラ、となって、フッと気付くと、黙っている人がいる。

そういえば、高校生の息子さんがひとりまじっていたのだった。「いや〜、そんな水洗でも洋式でもない大変な時代を、皆さんお疲れさまっス」みたいな顔をしている。

父や母も「自分の小さい頃の話」をする時があった。軽く「時代の語《かた》り部《べ》」だった。高校生の時、まだ下駄《げた》ばきだったお父さんの話とか、おばあちゃんちが五《ご》右衛門風呂《えもんぶろ》だった話とか、脱脂粉乳《だっしふんにゅう》の話

『ケイタイなんてなかったぜ』話でも盛りあがりますよね…
わたしなんて小一まで家に電話なかったからね!!
おおおお…
ことし 46
自慢？

などなど「リアルな昔」に、「へええ〜」と聞いていたあの女の子はどこへやら。すっかりうっかり、リッパな「時代の語り部」になっているのだった。

話はみんなで給食に続いていった。やっぱり、牛乳の友「ミルメーク」とか、クジラの竜田揚《たつたあ》げで盛り上がるのだった。

周遊するブツヨク

数年前バンバン捨てたりあげたりしていた洋服ですが…
もう絶対着ない!! 着れない!!
だんしゃりだ〜っ
アレ、どこ??
よく着ていたアレ…
また着たい…
あっ あげちゃったんだ!!
なんかね こう、一周まわってきて
あげなきゃよかった…
小さい心…
だんだん必要になってきているという今…
ぐるぐる…
また一周しそうだが…
そんなまだ道途中…

「シソムラ」と覚えた私の脳

人の名前を覚えられない。「すみません。漫画家な脳のアレで！」と、よくわからない先手を打って、仕事のシーンでは許してもらってきた。しかし今、ムスメが通う幼稚園年中組のお母さん方の名字が覚えられない。用があるのに呼び止められない。困っている。そして許してもらえない気がする。コドモさんの名前も……以下同文。

「こんにちは、いいお天気で」と話しているこの方は、「高木さん」「橋本さん」、ご近所さんのどっちだっけ、汗、と、2択な時がある。惜しい。しかし惜しくない2択の時があり、わたしはそれが恐ろしい。

頭の中で、なぜか「長谷川」と「渡辺」が一緒の引き出しに入っている。「8時だョ！全員集合」世代の人の脳内で「加藤」と「志村」が一緒の引き出しに入っているようなモノだと思われる。同じシステムで「山本」と「斎藤」が同じ引き出しに入っている。山本さんを斎藤さんと呼んでしまう日は近い。いつ、どこで、どうして、同じ所に入れたのかわからない。しかも入れ替えられない。

昔、背の高い女性担当編集者さんがいた。「和田さん」だ。こちらに歩

いてくる和田さんを「和田さーん、こっちでーす」と、呼んだ。手も振った。和田さんはわたしに近づきながら「わたし、大和田でーす。大きい和田でーす」と、笑った。目の前に立った大和田さんは本当に大きかった。自分に絶望した。

しかも『大場』コーチだったという…
こげてる
しってる
歳のせいにできない…

そして最近、いつもムスメがお世話になっているスイミングのコーチの話を、同じく通っているお母さんたちとしたかった。珍しく名前をはっきりと覚えていた。「シソムラコーチ」だ。絶対だ。

「シソムラコーチって優しいよね」。本心だ。なのに、みなさんの反応は鈍かった。というより、無かった。「シソムラコーチ」の正しい名前が「オオバコーチ」だったからだ。

オオバ→シソ

こ、こうきたか、自分！　ムラ、までつけちゃって、それっぽくしてさ。脳が頑張っている気がした。プルッと白く震えた気がする。わたしも頑張らねばいけない。

素敵ズラーッ、うっぷ

ある日、実家に帰ると、父が木彫りの小物作りに夢中だった。筆置き、ペン立て、和菓子用爪楊枝《つまようじ》、いろいろ。枝の形を生かした蠟《ろう》燭《そく》立てもある。作品である。はっきり言って、

「ちょっと素敵《すてき》」

なのだが、家の中に「ちょっと素敵」が、たくさんありすぎて、なんて言ったらいいんだろう……

「おなかいっぱい」

な、感じ？　横目で母を見ると、まったく同じ気持ちらしく、「東京に三つでも四つでも持っていきなさい」と、色々すすめてくる。一つだけじゃだめ、と目で言っている。この、「素敵の多すぎ」は、時々、「絵手紙」で感じていた。一枚ぽとん、と、ポストに入っていると、

「素敵、わざわざ描いてくれたの？　○○さんが？　へええ！」

と、なるんだけど、「絵手紙教室13期生発表会」みたいなので（すみませんテキトウに言っています）、知らない人の絵手紙が作品としてズラーッと並んでいると、絵手紙は「知っている人が描いたはがき一枚のサイ

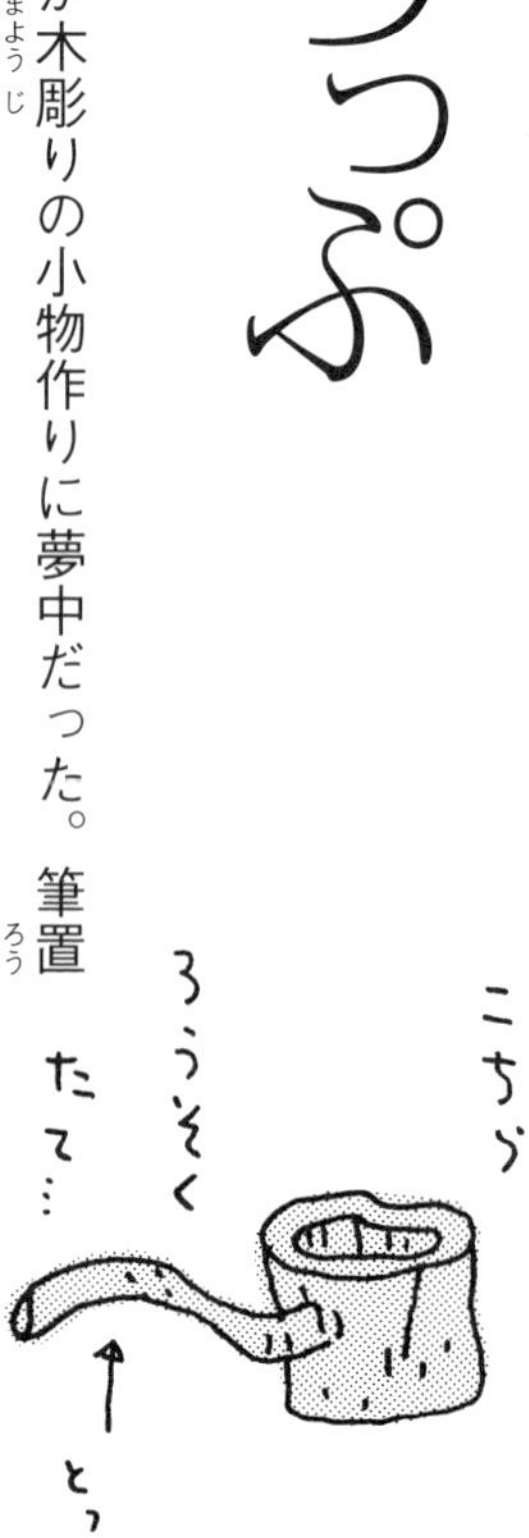

ズ」がちょうどいいんだなあと気づいてしまう。デパート1階の化粧品売り場でもハッとする。売り子さんがメーカー別におんなじ顔している。これ、方針がわかりやすくてとてもありがたいし、この新色の緑のアイシャドーの若い娘さんが1人でコンパにきたらそりゃあ、モテモテです。しかし、この売り場みたいに緑の娘さんが、5人並んでいたらどうだろう。1人スッピンでいきなり熱かんを頼むわたしのほうがもてるかもしれない。……まあ、それはない。

「素敵」も量がだいじなんだなあと思う。「素敵」なのに、いっぱいあればいいってもんじゃないというのが不思議です。自分も「素敵」すぎてダメな時がある。服がナチュラル系すぎてハッキリと気持ちが悪い時が多い。ベージュ過ぎ。リネン過ぎ。ナチュラルも多すぎるとナチュラルじゃない。この格好でわたしはどこにいると「素敵」なのだろう。

ひとりで山の中……かもしれない。

さ、さみしい。

筆置き。使ってます…
父の作品はサイン入り…!!
うしろに日付と名前が!!
しかもマジックペンで…!!
ひやー

ブンタとケンとお父さん

25

25年前、父が自営する工場で犬を飼いだした。近所からもらった茶色の柴犬《しばいぬ》の子犬。名前はケン。漢字だと「健」。「高倉健《たかくらけん》の、健です」と、25年前、父は言った。そして、力をこめて宣言した。

「こんどこそ、オス！」（立って握り拳《こぶし》）

母、わたし、妹2人は深くうなずいてあげた。「こんどこそ、オス！」にはちょっとワケ、があったから。

ケンの前に、自宅で飼っていた白くて薄茶色のブチの犬がいた。わたしが年長《ねんちょう》たんぽぽ組の時にやって来た。名前はブンタ。漢字で書くと「文太」。「菅原文太《すがわらぶんた》の、文太です」と、40年前の父は言った。

名前は絶対ブンタ、と父が決めていて、「オスが欲しい」って、もらってきた。オチンチンがついていた。実は、父は子供にもオチンチンが欲しかった。「うちの3人はみんな、大事なオチンチンをおなかに置いてきたのだ」というのが晩酌《ばんしゃく》のネタ。犬は絶対オス。ブンタは男。お父さんの仲間。ところが――。

ある朝、父がブンタにご飯をやりにいったら、ブンタが、ブンタなのに、2匹の子犬に乳をくれていた。ブンタはお母さんになっていた。「ウ〜〜ッ」。母性のため、初めての威嚇《いかく》。「……ブ、ブンタが子犬産んでる」と部屋に帰ってきた腹巻き姿の父を今でも思い出せる。

ブンタはメスだった。オチンチンだと思っていたモノは、でかいヘソだった。その後、何回か子犬を産んで、その中にはオスもいたけど、位置が全然違っていた。父は間違えた。ブンタは13歳で死んで、そのあとのケンだった。

ケンはちゃんとオスだった。2代目が病気で若くて死んじゃったけど3代目まで名前はケン。3代目も死んで、今、4代目はいない。もう飼わないかもしれない。「自分が70歳だから」と父は言うけど、「もうひとケン」は大丈夫じゃない？　なんて、娘たちは思う。

父にとって、男といえば、ブンタ、そしてケン、なのだった。ブンタとケンはもういない。言うと、ちょっとさみしい。

ブ、ブンタが……
ヨロッ…
伊藤家に残る名シーンのひとつです…

ムスメも母も、クラ〜ッ

妹

夫婦の新居を見に、母が長野から上京した。とても珍しい。まったくないことはないけれど、夏で言うとホタルを見るくらい珍しい。ホタルをおがむような気持ちで新宿駅に迎えに行った。

「おねえちゃん（わたし）たら、また太って〜」「お母さんは小さくなって〜」は近年定番のごあいさつ。ふたりで新居のある駅に乗り継ぐ。新居の妹は、わたしとそっくりなほうの三女だ。ちょっとだけ顔の種類が違う次女は長野に住んでいる。同じ東京なのでいつでも会えると思っているとなかなか会わないって本当で、そっくりな妹とは久しぶりだった。

改札の外で妹が手を振っている。ん？　なに、この違和感……？　原因は2秒で判明した。妹がものすご〜〜く太っているのだった。わたしも相当太いが、もっと太っている。母がクラ〜ッとしている。東京の暑さと湿気のせいではない。さっき太ったムスメと会ったのに、また太ったムスメに会ったのだ。ショックだと思う。わたしも開口一番が「ど、どうして？」だった。

「仕事のストレスでさ〜」。そして驚いてください、わたしたち姉妹は、

な、なんと、この広い東京で、同じワンピースを着ていた。同じメーカーの色違い。母がもう一回クラ〜ッときていた。わたしもきた。妹もまねしてクラ〜ッとしていた。

ちょっと前まで妹はとても痩《や》せていた。妹が太るなんて考えたことなかった。勝手なこと言うが、妹にはずっと痩せていてほしかった。3人姉妹のうち2人が太っていると、なんか本当に太い人みたいじゃないか。わたしの逃げ場がなくなったような。自分で納得して太めのキャラをやっているつもりが、そうでなくなったような。キャラがかぶってるよ、わたしが先なんだよ、痩せてよ〜と言っちゃいそうな。

母がムスメふたりを、真正面からそっと隠し撮りしていた。「帰ったらお父さんに見せるの」だって。まるでホタルを見た時のような理由だった。わたしは久しぶりに、心の底から「痩せなくてはいけない」と思ったのだった。

あとがき

っぽいもの…

『文字だけ』というシゴトを初めてやりました。なぜか、シゴト中、さみしいわたし…

やっぱ道具いろいろないと!!
ハーッ
太いペン
細いペン
ものさし
えんぴつ
ねこ
ミスノン
ケシゴム
小説家とかってエライなー

『道具が
少なくて
さみしい…！』
という、初めての気持ちに…
このように書いた（描いた《イラスト》）ものを
よんでいただき、
ありがとうございます。

2015ねん
伊藤理佐

伊藤理佐（いとう りさ）

1969年生まれ、長野県諏訪郡原村出身。デビュー作は87年、「月刊ASUKA」に掲載された「お父さんの休日」。2005年、『おいピータン!!』で第29回講談社漫画賞少女部門受賞。06年、『女いっぴき猫ふたり』『おんなの窓』など一連の作品で第10回手塚治虫文化賞短編賞受賞。ほか代表作に『やっちまったよ一戸建て!!』『おかあさんの扉』などがある。07年、漫画家の吉田戦車さんと結婚。10年、第一子出産。

ステキな奥《おく》さん ぶはっ

2015年10月30日　第1刷発行
2015年12月10日　第3刷発行

著者　伊藤理佐
発行者　首藤由之
発行所　朝日新聞出版
〒104-8011　東京都中央区築地5-3-2
電話　03-5541-8832（編集）
03-5540-7793（販売）

印刷製本　日経印刷株式会社

Published in Japan by Asahi Shimbun Publications Inc.
ISBN 978-4-02-251320-5
定価はカバーに表示してあります。

落丁・乱丁の場合は弊社業務部（電話03-5540-7800）へご連絡ください。
送料弊社負担にてお取り替えいたします。

＊本書は、朝日新聞の連載「オトナになった女子たちへ」（2012年5月20日～15年7月4日）から一部エッセーを抜粋し、加筆修正したものです。